真実《まこと》をうつす夢の万華鏡、時を越えろ、明日へむかって！

ストーリーで楽しむ
日本の古典

大鏡《おおかがみ》

那須田淳 著
十々夜 絵

岩崎書店

もくじ

はじまりのはじまり

ときは一〇四六年、京の都――。

「おい、尊《たか》ちゃん、きいたか、雲林院《うりんいん》のもののけの話」

親友の俊《とし》ちゃんこと、源俊房《みなもとのとしふさ》が声をひそめていったのは、五月の昼下がりのことだった。兄の乳母《めのと》だった賢子《かたこ》おばさまが、風邪をひいて伏せっているときいて見舞《みま》いに出かけたその帰り道だ。

「え、なんのこと?」

思わずきき返す、おれ。

「それがね…」

今、御所の北にひろがる紫野《むらさきの》にある雲林院という寺で、仏さまの話などをきく菩提講《ぼだいこう》が行われている。そこで、ふたりのじいさまが、その場にいあわせたものたちに、昔あった出来事を思い出しながら話してきかせているというのだ。

「きのう、まろの父上がきいてきて、屋敷《やしき》じゃ大騒《おおさわ》ぎだよ」

「はあ？　でも、それのどこがもののけなわけ？　昔の思い出なら、どんなじいさんでも話すぜ」

そういったとき、草むらからこちらをのぞいている白猫《ねこ》に気がついた。

あ……、あれは賢子《かたこ》おばさまの屋敷《やしき》にいた猫のモモじゃないか。

おれたちについてきてしまったのかな……。

伸びをするようにして、おれの足元にすり寄ってくる。

そばにはえているエノコログサの穂《ほ》をつんで、「モモ、モモ……迷子になるからお帰り」と猫の鼻先でふりながらじゃらしてやっていると、うしろで「尊《たか》ちゃんったら、しょうがねえなあ、猫と遊んでる場合じゃないのに」という俊《とし》ちゃんのためいきがきこえた。

「あのさあ、それが思い出っていったって、歴史そのものっていう感じなんだそうだ。なにしろ、生まれてから今までのことを話しているらしいんだけど、そのじいさまのひとりはなんでも百九十歳っていうんだよ」

「ひ、ひゃくきゅうじゅう……？」

思わず、俊ちゃんのほうを振り返る。

「ほんとかよ」

「な、いくらなんでもおかしいだろ」

俊《とし》ちゃんは鼻の穴をふくらませた。

重い病気にもならず、じいさん、ばあさんとよばれるようになるまでに長生きできる人はごく少数だった。

はやり病もあるから、ふつうは、四十歳まで生きられるかどうか。たまに八十歳を越えるような人もいるが、そもそも人間が、百九十年も生きられるわけがない。

「ほんとうだって、なにしろ、そのじいさまの生まれたのが貞観《じょうがん》十八年（八七六年）というんだからね」

このまえ改元して、この五月から永承《えいしょう》元年（一〇四六年）になったばかりだった。

「ということは何年前だ……えー」

指をおって、ひい、ふうと…数えはじめると、とちゅうで、俊ちゃんにとめられた。

「貞観十八年といえば、百七十年前だよ。ともかくすげえ年寄りなのは、まちがいないだろ」

「は？　でもさ、だったら、そもそも歳が合わなくないか？　百九十歳とかいっておいて、そのじつは百七十歳だなんて、それって、そのじいさん、ただ、ぼけて自分の生まれた年がわからなくなっただけじゃないの？」

「けれども、そのじいさまたちは、今から二十年ほど前にも忽然《こつぜん》と現れたとしたら、どうよ。そして、そのときも今回とそっくり同じ話をしたとしたら？」

「どういうことだよ？」

「ちょうど今の帝がお生まれになった頃《ころ》らしいんだけど、なんでも、賢子《かたこ》おばさまの母上がそのじいさまたちに会ったことがあるそうだ。そのときは、さんざんにおしゃべりしたあと、じいさまたちは、風のように一瞬《いっしゅん》で消えたというぞ。しかもじいさまたちの身の上はだれも知らないときている」

場所も同じ雲林院《うりんいん》だという。

「賢子おばさまの母上っていったら……あの有名な紫式部《むらさきしきぶ》か？」

「そうだよ。『源氏物語』の作者のね」

光源氏《ひかるげんじ》という皇子を主人公にした宮廷恋愛小説は、大評判で、発表後三十年以上もたっているのに人気は衰《おとろ》えるどころか、さらにひろがっているみたいだった。

その紫式部は、雲林院できいたというじいさまたちの話に興味を覚えたのか、せっせと記録をとっていたのだそうだ。

「まろの父上も若い時にそれを読ませてもらったことがあるらしいんだけど、それがきのうとまったく同じ話だったんで、ちょっとした騒《さわ》ぎになったんだよ」

二十年前に突然に現れ、風のように消えた老人たち……。

「たしか紫式部《むらさきしきぶ》も神隠《かみかく》しにあったんじゃなかったたっけ？」

と、おれがきくと、俊《とし》ちゃんもうなずいた。

「ああ、そういえばちょうど同じ頃《ころ》だよな」

「なんか関係あんのかな？」

「さあ、それより、これ見てみろ」

俊ちゃんは、背中《せなか》の風呂敷《ふろしき》を地面にひろげ、巻物を何巻も取り出した。

「紫式部さまが残したという巻物だよ。父上がもう一度、どうしても読みたいというので、賢子《かたこ》おばさまの家人に頼《たの》んで、借りてきたんだ」

さっき、おれが賢子おばさまと話をしているとき、中座して蔵にいってきたのだそうだ。

いったいなにをかついできたかと思ったら……。

気がつけば、猫《ねこ》のモモものぞきこんでいる。

「たくさんあるんだね」

おれはモモをだきあげ、草むらのほうへおいてやった。

「なにしろ、じいさまたちの話は、先の入道さまこと太政大臣《だいじょう》の藤原道長《ふじわらのみちなが》さまを中心にだな、摂《せっ》

関政治《かんせいじ》がはじまった頃《ころ》からつい最近までにおよんでいるんだそうだ。この巻物は、それを写したものだからな」

「へっ、入道、藤原道長《ふじわらのみちなが》さまの……?」

今、おれが一番ききたくない名前だった。

そんな気持ちが顔に出ていたのか、俊《とし》ちゃんは少しあわてて、

「それはともかく、風のように消えたじいさまたちって、なんかそそられないか?」

「べつに」

「ほら、この頃《ごろ》、都で妖怪《ようかい》や鬼《おに》や幽霊《ゆうれい》を見かけたという、うわさを多く耳にするだろ。このじいさまたちも、雲林院《うりんいん》のもののけなんじゃないかって」

「でもなあ、もののけ、もののけと騒《さわ》いだところで、異形なものとか、すごくかわいい姫《ひめ》っていうなら走っていくけど、じいさんだろ。興味ねえ」

おれがいうと、俊ちゃんはきゅうに両手をがばっと合わせた。

「そこをなんとか」

「なんのマネだよ」

「いやあ、じつはね」

俊《とし》ちゃんは、頭をかいた。

「まろの父上の話では、この巻物はためになるから読んで勉強しろっていうんだよ。ただ、紫式部《むらさきしきぶ》さまも書き忘《わす》れていることがあるかもしれん、せっかくだから、まろにも、じかにじいさまの話をきいてこいって」

「はあ?」

「なにごとも勉強だってさ。まろも元服したことだし、落ちついてもっと勉学に励《はげ》めっていうんだよ。くそっ。あのおやじ……」

俊ちゃんは悪態をついた。とはいえ、いつもは父親に頭があがらないのだ。

「で、まろは雲林院《うりんいん》へいかなきゃならんの。だからつきあってくれ」

「え~。これからか?」

「まだ日暮れまで時間はたっぷりあるし、今日は、賢子《かたこ》おばさまの見舞《みま》いで、そのあと一緒《いっしょ》に雲林院へいくと、尊《たか》ちゃんの母上にもお断りしてあるからだいじょうぶ」

「はあ、それは手まわしのよいことで……」

おれがちっと舌うちして、しょうがねえなあと、うなずくと、俊ちゃんはにやっと笑って、巻物をそそくさと風呂敷《ふろしき》にしまい、肩《かた》に背負《せお》った。

「さすがにわが殿でござる」

「こういうときだけ調子いいんだからさ」

そういいながら、「じゃ、いくぞ」と、おれはもう雲林院《うりんいん》のほうへむかって、走り出していた。入道の話なんてききたくもなかったけれど、屋敷《やしき》に戻《もど》っても退屈《たいくつ》な暮《く》らしが待っているだけだった。

時間つぶしになればいいやと軽い気持ちだったのだ。

それが、このあととんでもないことになるとは、このときは思いもしなかったのだけれど……。

「おい。待ってくれよお」

俊《とし》ちゃんもさけんで、小太りのからだをゆさぶるようにしてついてくる。

○

街道から少しそれ、近道と称して木立の中を走っていくおれたちを見て、近くの田で、田植えの準備に忙《いそが》しく働く、農夫たちがその身分を知ったら仰天《ぎょうてん》して腰《こし》を抜《ぬ》かし、地面にはいつくばることだろう。

なりこそ貴族の子どものようにしているが、なにをかくそうこのおれは皇太弟。

今の帝……つまり兄の後冷泉《ごれいぜい》天皇にもしものことがあれば、つぎの帝になる皇子だ。

兄はまだ若く、子どもがいないので、異母弟のおれが、とりあえず跡継《あとつ》ぎに選ばれたっていうわけなのだ。

そして俊《とし》ちゃんにしても、天皇家の血をひく源師房《みなもとのもろふさ》さまの子で、今をときめく関白藤原頼通《ふじわらのよりみち》の養子として元服したばかり。いずれは大臣になるだろうという身分だった。

ふつうであれば、民はもちろん、たいていの貴族でもじかに口をきくことさえゆるされぬ、とっても尊《とうと》い存在なのだ……というのは表むき。

じつのところは、ほんとうにおれ、皇太弟か？　と、自分でもうたがうぐらい、みなに軽く見られているのだった。

ふつうは、おれの立場なら、外に出るときは輿《こし》に乗り、おおぜいの家臣たちを護衛として従《したが》えていかねばならない。

ところが兄の天皇や関白、あるいは大臣たちに、正式に会うときはともかく、ふだん出歩くときに、お供などついたためしがない。

いや、お供をつけてもらえないから、めったに外出などできないといったほうが正しいだろう。

とはいえ、おれもまだ十三歳。

皇太弟だから大学寮《りょう》にも通うことはない。勉強なら家庭教師のほうが宮にくるからだ。もちろんひとりでは励《はげ》みにならないので、学友として、俊《とし》ちゃんにきてもらって机をならべているのだが、健康な身で、屋敷《やしき》に閉じこもってばかりいられるわけがなかった。

そこで気晴らしに、一応、心配をかけないよう母上にだけは断って、ときどき「お忍《しの》び」として出かけてくるのだ。そんなときも、俊ちゃんがついてきてくれた。

さっきふざけ半分に俊ちゃんがおれのことを「わが殿」などとよんでいたが、本人はおれの護衛のつもりなのだという。

もっとも、俊ちゃんときたら、立派な刀も腰《こし》に差しているというのに、ろくにつかえはしなかった。たぶんさやから抜《ぬ》いたこともないに違《ちが》いない。もし賊《ぞく》に襲《おそ》われたりしたら、かえっておれのほうが、守ってやらねばならないのはあきらかだった。

ところが、そんなおれの無断外出を知っても、ほかの貴族たちは心配するどころかまるで知らん顔。

「皇子さま、どうか無断でのお忍びは慎《つつし》んでください」

無表情な顔で、そう小言をいうのは、春宮大夫《とうぐうのだいぶ》（長官）である大納言《だいなごん》の能信《よしのぶ》ぐらいなものだろう。

春宮《とうぐう》とは、帝の跡継《あとつ》ぎの皇太子や皇太弟に直属する役所のことだ。その長官の能信《よしのぶ》は、いわばおれのお目付け役である。俊《とし》ちゃんのおじさんでもあった。

そんな大夫《だいぶ》の心配をよそに、むしろ、おれが賊《ぞく》にでも襲《おそ》われたらかえってよろこぶ手合いもいそうだった。

実際、いつそういう目にあってもおかしくはなかったのだ。

おれを狙《ねら》うとしたら、入道こと道長の息子で、いまは関白を務《つと》めている藤原頼通《ふじわらのよりみち》の息のかかった連中に違《ちが》いなかった。

帝の跡継ぎは、帝に子がいない場合には、弟やその系図で血統としてより近いものがなるのが原則だった。ただし帝は国を治める立場だけれど、みながみな統治の能力があるとはかぎらない。それで帝になるには、それを支えてくれる強力な後ろ盾《だて》があるほうがのぞましいとされていた。

後ろ盾というのは、母方のおじいさんとその一族というのが決まりだった。

その後ろ盾は、皇太子や皇太弟が帝になったとき、まだ幼いうちは摂政《せっしょう》となり実際の政治を動かす。そして帝が成人すれば、関白として後見人みたいなことをするのだ。

これが摂関政治だった。

ただこの摂政《せっしょう》・関白の役職に就《つ》けるのは、藤原《ふじわら》家のものだけだとされている。

おれは、兄とは腹違《はらちが》いで、母上の禎子《ていし》内親王は三条天皇の娘だ。そのためおれが帝になったら、藤原家のものはだれも後ろ盾《だて》につけず摂政・関白にはなれない。

そのため、関白の藤原頼通《よりみち》も、自分の一族と関係のある皇子を推していたらしい。

それをおしのけて、このおれが皇太弟になれたのも、おれが血統的に兄に一番近いということと、去年亡《な》くなった父の後朱雀《ごすざく》天皇と、母上、兄の乳母《めのと》の賢子《かたこ》おばさま、さらには大納言《だいなごん》の能信《よしのぶ》の強い推薦《すいせん》があったからだそうだ。

もちろん、兄に跡継《あとつ》ぎの男の子が生まれたら、すぐにも身を引かなければならないのはおれも承知の上だ。

兄はまだ二十歳と若く、関白の頼通が、自分の娘ばかりか、美しい娘がいれば養女にして、せっせと奥にいれているので、そのうちに子はできるだろう。

それまでのつなぎの皇太弟と、みなも思っているらしかった。

おかげで、お忍《しの》びとはいえ、気ままにこうして出歩けるし、いつもそばに世話する女官《にょかん》がいて、気楽におならもできない帝など、さほどなりたいとも思わなかったし、おれとしてはどうだっていいし……そう思う日々だったのだ。

第一章

時空の旅人

1　雲林院《うりんいん》のもののけ

雲林院は、かつて紫野院《むらさきのいん》とよばれる離宮《りきゅう》があったところで、都の中心からも近いということもあって、お寺になった今も、広大な庭園に咲く春の桜や秋の紅葉《もみじ》の名勝として、多くの人たちに愛されていた。

でもおれにとっては、この寺は、別の意味で、以前からなじみがあったのだ。

あの紫式部《むらさきしきぶ》が生まれた寺だったからだ。

紫式部が書いた宮廷恋愛小説『源氏物語』は、主人公の光源氏《ひかるげんじ》のことが気になって読んだことがあった。

光源氏も帝の弟で、おれと境遇《きょうぐう》が似ていた。ただ一方で、兄の御所や、おれの宮の女官《にょかん》たちが、ときどきちらちらこちらを見ているのがめんどくさくもあったのだけど。

「あれは、尊仁《たかひと》さまって光源氏さまみたいですてきって、うっとりしているんじゃないからね」

と、俊《とし》ちゃんに念をおされなくてもわかっている。

光源氏《ひかるげんじ》といえば、玉のように美しい容姿と品格とともに、多くの女性たちと恋をしながらも、どこか不幸な影《かげ》を背負《せお》って生きていた人だ。

「いつか私も、あの光源氏さまのようなお方と恋がしたいわあ」

と、女官《にょかん》たちは心ときめかす一方で、おれを見て「現実の皇子はこんなもんよね」と、がっくりしているのかもしれない。

まあ、あの絶世の美男子で、あまたの女の子たちの胸《むね》をときめかさせた光の君と、おれじゃあな……。

とはいえ、モテナイというのはなかなかにつらい。

じつは、正式な皇太弟になって、元服もしたので、おれもいよいよ妃《きさき》をもらうことになって、そのことを思いきり知らされることになる。

十三歳で結婚《けっこん》などまだ早いと思うが、これも宮中の決めごとだからしかたがない。

ふつうの貴族の結婚は婿入《むこい》りで、相手の姫《ひめ》の屋敷《やしき》へ出かけるのが一般的だが、皇室の場合は妃をもらうので、春宮《とうぐう》にきてもらうことになる。

ところが、その妃のなり手が、なかなか見つからなかったのだ。

春宮大夫《だいぶ》もこれはと思う貴族の姫を見つけては、せっせときいてみたところ、ことごとく丁寧《ていねい》なお断りをもらったという。

皇太弟の妃《きさき》にと求められて、断られるというのは前代未聞のことらしい。

「でも、尊《たか》ちゃんの場合は、とくべつ顔がひどいとか、性格がひんまがっているとか、おねしょをするとかで嫌《きら》われてるんじゃないから、そんなにしょげることないよ」

俊《とし》ちゃんは慰《なぐさ》めてくれるが、そういわれるとなんかよけいに傷《きず》つく。

つまり兄に男子ができたら、親王に戻《もど》され、下手したら坊《ぼう》さんにされるか、臣下に降格とわかっている皇子に、大貴族であればあるほど大事な娘はやりたくないということのようだ。

それに、おれは、関白の頼通《よりみち》公をはじめとした藤原北家《ふじわらほっけ》に、目の敵《かたき》にされているのが知れ渡っているようで、おれと縁を結ぶことはかえって将来、その一族が出世ができなくなってしまうと思われている節もあった。

皇太子や皇太弟の妃になるには、親王や大臣の姫君《ひめぎみ》というそれなりの身分が必要なので、大貴族たちに断られたらもうお手上げなのである。

ふられ東宮《とうぐう》とかあだなされて、宮中でも笑い話になっているという。

おれって、なんてかわいそうなんだろう……。

と思っていたところ、それでも、先頃《さきごろ》、ついにおれの妃のなり手が見つかったという。

春宮大夫《とうぐうのだいぶ》を務《つと》める能信《よしのぶ》が、どこからか姫《ひめ》を見つけてきて自分の養女にして、おれの妃《きさき》にしてくれるというのだ。能信は大納言《だいなごん》という大臣のつぎの身分だったので、養女とはいえ、その姫ならば身分はぎりぎり間にあう。

ともかく妃が決まったとなると、こちらとしてもどんな子か気になる。

で、それとなくきいてみると、

「私も会ったことはございません。ともかく女子であることはたしかなようで」

などと、能信は真顔でいうのだ。

皇太弟妃が、女子でなかったらどうする……と、つっこみたいところをぐっとがまんして、対面の儀《ぎ》の前に少しでも会えないものかときいてみると、

「はじめてお会いするのが、ご対面の儀ではないでしょうか」

けっしておれをばかにしているのではなく、能信は、くそが頭の上に六つほどつくぐらいのまじめな男だったのだ。

おれのことを目の敵《かたき》にする関白の頼通《よりみち》の異母弟ながら、その権力者の兄にいかに嫌《きら》われようが、おれにまことにつくしてくれる。それが、おれのためなのか、あるいは単に春宮大夫になったからには、なにがなんでも務めてみせるという律儀《りちぎ》な性格によるのかはわからないけれど、おかげ

でなにかと助けられることも多いのはたしかなのだ。

ところが「ありがとう」と礼をいっても、能面のような無表情な顔で頭を下げるだけで、笑みひとつ見せたことはない。

ともかくわかったのは、未来のおれの妃《きさき》は、おれと同じ十三歳で、名は茂子《しげこ》というらしい。

その姫《ひめ》との対面の儀式《ぎしき》は、十日ほど先のことだった。

ちょっとドキドキする。もっとも、どこぞの屋敷《やしき》の姫がかわいいというような情報なら、俊《とし》ちゃんがめっぽうくわしいのだが、その俊ちゃんが、

「茂子なんてきいたことない」

というぐらいだから、フクザツである。

そんなことを考えながら走っていくと、雲林院《うりんいん》の門前が見えてきた。

○

「わあ、なんだよ、この人の多さは」

門前からあふれんばかりの人、人、人……。

おれと、俊《とし》ちゃんは、人垣《ひとがき》をかきわけるようにして中に入っていった。

人が集まってくるのは、花見や紅葉狩《もみじが》りばかりではない。菩提講《ぼだいこう》という仏さまの教えを話してきかせる集会のときも同じだった。

なにしろ仏さまの話をきけば、それだけで現世の罪がゆるされ、ご利益《りやく》があって来世《らいせ》は幸せになれるといわれる。ほんとうかどうかはともかく、今は、そんなふうにして、なにかにすがらなければ生きていけなかった。

このところ天候が不順で畑や田の作物はあまり育たなく、都でも餓死《がし》するものがあとをたたなかったし、警察《けいさつ》の手がおよばない郊外ともなると、盗賊《とうぞく》や夜盗がそこかしこに現れ荒らしまわっていたからだ。

いったい役人たちはなにをしているのか、という声がきこえはじめ、どこかでまた反乱がおきるのではないかとささやかれてもいたのだ。

ただ菩提講で、ここまでたくさんの人が集まるのはさすがにめずらしく、やはりこれは俊ちゃんのいう「不思議なじいさまたち」のせいらしい。

長寿《ちょうじゅ》というのは、すばらしく尊《とうと》く、縁起のよいもので、せめて、ひとめなりと見て、ご利益のおすそわけでもいただこうと思っているのかもしれない。

「ちょっとごめん、通してよ」

声をかけると、それなりの大貴族の若さまとわかる狩衣に、立て烏帽子姿《えぼしすがた》のおれたちを見て、人々が道を空けてくれた。おかげで、「不思議なじいさまたち」がいるという院の広間の廊下になんとかたどりつくことができた。

俊《とし》ちゃんの話では、じいさまたちは、雲林院《うりんいん》の坊《ぼう》さまたちが仏さまの話を話すまえの時間に、世間話のようにして百何十年も昔のことをおしゃべりしているのだという。

「あれか?」

広間の奥のほうに、たしかにそれらしきじいさまたちがいた。

俊ちゃんは父親の話をきいて、名前をちゃんと書き写してきたらしい。こういうところは妙《みょう》に細かいのだ。それによると、でっぷり太っているのが、百九十歳の大宅世継《おおやけのよつぎ》。つるのようにやせているのが夏山繁樹《なつやまのしげき》というらしい。

「じゃあ、今、黄色い扇子《せんす》をふりかざして、大笑いしたのが大宅世継か」

そのわきにいる、やせた老人の夏山茂樹も百八十歳とのこと。

さらにうしろにしわくちゃなばあさまもいた。こちらは繁樹の妻というが、じいさまたちにくらべたらいくらか若くて、ふたりには小娘あつかいされているそうだ……。

「百六十歳近くで小娘あつかいってか。すげえなあ」と、俊《とし》ちゃんがつぶやいた。

ただ、やけに年をとっているということをのぞけば、じいさまたちに特別におかしなところはない……と思っていると、ふいにでっぷりと太った大宅世継《おおやけのよつぎ》のじいさまが、こちらを見て、扇子《せんす》でおれをよぶではないか。

「おお、これはこれは、本日はとんでもなく身分の高いお方がいらっしゃいましたなあ。さあさ、若さま、ここにおいでなさいませ」

「ははあ、お供の役人たちを連れておられないところを見ると、本日はお忍《しの》びですかな」

もうひとりの夏山《なつやま》のじいさまもにこやかにうなずいた。

ふたりは、おれの身分をどういうわけか察したらしいが、それ以上はだまっていてくれた。

それでも、広間全体がきゅうにざわつき、

「若さまって、いったいどこのお方かしらね」

「あちらのお方は、どこぞで見かけたような……」

などとおれたちのうわさをするような声がそこかしこからきこえてきた。ふりむいて、無遠慮《ぶえんりょ》にこちらをのぞきこむようなものもいて、広間の人びとの少し好奇《こうき》な目が痛い。

「まあ、こちらに、こちらに」

大宅《おおやけ》のじいさまの扇子《せんす》がひらひらゆれて、なにかにひきずられるようにして奥へすすんでいくと、じいさまたちの敷《し》いていた敷物までもらって、「まあまあ」と一番の上座にすわらせられてしまった。

「いや、敷物はいいよ。じいさまたちがそのままおつかいなさい」

そういうと、大宅のじいさまは扇子で口もとをかくしながらささやいた。

「いや、私どもこそいらんのです」

「え?」

首をひねると、世継《よつぎ》のじいさまはくすっと笑って、小声で
「一応、みなの手前、敷いているふりしているだけですから」

と、尻《しり》のほうを示して見せた。

「おっと…」

俊《とし》ちゃんが息をのんだ。驚《おどろ》いたのはおれも同じで、じいさまたちは、すわっているようでいて、じつは少しばかり宙に浮いていたからだ。

衣装《いしょう》の裾《すそ》がだらしなくひろがっているせいで、まわりからはそう見えなかっただけだった。初対面なのにひとめで、おれや俊ちゃんの身分を見やぶってしまったこともふくめて、このじいさ

またちは、やはりただ者ではなさそうだった。

ただもののけといっても、鬼《おに》や魔物《まもの》のような怪《あや》しさは感じられなかった。途方もない長寿《ちょうじゅ》といい、もしかしたら、これは世にきく仙人《せんにん》というものの類なのかもしれない。

「じいさまたちはいったい……」

「そんなことはどうでもよろしい。こうやって、みなさまに、私らが見てきたことをおしゃべりするのが楽しみのただのじいと思ってくだされ」

「はあ？」

「今は、入道さまとそのご一門の藤原《ふじわら》家のはなやかなことばかりが、もてはやされておりましょう。私らはその偉大《いだい》な入道さまが、どのようにして藤原北家《ほっけ》の栄華《えいが》を築きあげなされたのかを、つれづれにお話しもうしあげているのでございますよ。入道さまのご活躍《かつやく》のかげにどのようなことがあったのか、なかなかひとくちにもうせませんので」

「入道の活躍のかげになにかあったというの？」

「さようでございます」

するとそ部屋のそこかしこから、入道こと今の関白の頼通《よりみち》公の父親で、亡《な》き藤原道長《みちなが》公のことを懐《なつ》かしむ声がきこえてきた。

「あの方がいらっしゃったときはほんとによかったのにね。暮《く》らしむきも近頃《ちかごろ》は悪くなる一方……。でも、あの関白さまではねえ」

「しっ、そんなことといってたら、お役人につかまっちまうよ」

などとささやきあっている。

藤原《ふじわら》家は、祖先の中臣鎌足《なかとみのかまたり》が、かつて大化の改新のときに中大兄皇子《なかのおおえのおうじ》（のちの天智《てんち》天皇）を助けた功績で、藤原の姓《せい》をもらったときからの名家だった。

今の藤原一族を代表しているのは、鎌足の息子、不比等《ふひと》の四人の子どものうち、次男の房前《ふささき》の流れをくみ、藤原北家《ほっけ》とよばれていた。

藤原北家のものが、この百七十年のあいだ、つねに天皇家の外戚《がいせき》（帝と結婚した皇后《こうごう》や中宮《ちゅうぐう》の父であり、帝の祖父にあたる）として摂政《せっしょう》や関白となり、実際の政治を行ってきたといわれる。そのため藤原北家は摂関家ともいわれるようになったのだけれど、その摂関家がもっとも力を持ったのが、入道こと道長《みちなが》公の時代だった。

ちなみに摂政は、幼い天皇の代わりに政治を行い、関白は成人した天皇の後見人として助言を行うことから、関白よりは摂政のほうがより力があるとされる。

そのため、野心のある貴族であれば、できれば摂政につきたいと思うのは当然だった。

入道は、天皇家三代にわたって外戚《がいせき》となり、ついに摂政《せっしょう》にのぼり、その職を息子の頼通《よりみち》にゆずってからも太政大臣《だいじょう》として政治を行ってきたのだ。そんな人物はさすがにほかにはいなかった。

この世をば　わが世とぞ思ふ　望月《もちづき》の
欠けたることも　なしと思へば

これは入道が晩年に、歌会でよんだものだ。

「この世は、まさに私の思うがまま。空に輝《かがや》く満月のように私の心は満ち足りているのです」なんて、よくまあ、人前でよめたものだと思う。

でも、その場にいただれひとりとして異議をもうしたてなかったというから、権力は圧倒《あっとう》的だったのだろう。それに持ち前の気性の明るさもあって、当時から庶民《しょみん》たちの人気も絶大なものがあったという。今の関白、頼通公はその入道の長男で、兄の後冷泉《ごれいぜい》天皇の母の実兄だ。

兄の母の嬉子《きし》さまは、兄を産んでまもなく亡《な》くなっている。

それもあって、伯父《おじ》である頼通公は、はやくから兄の後見人になっているが、やはり祖父ほどは血縁も濃《こ》くなく、入道のときのようになんでもすべて自分ひとりで決めるわけにはいかない。

その上、三条天皇の孫のおれが、もし帝になったなら、血統から藤原北家《ふじわらほっけ》のものはだれも外戚《がいせき》になれないのだ。

そのとき藤原北家は、朝廷での力をいっぺんに失うことになりかねない。

関白の頼通《よりみち》が、おれの皇太弟の即位に強く反対したのはそういうわけだった。

兄に男の子ができれば廃嫡《はいちゃく》するのは当然にしても、あわよくば、なにかしら理由をつけて、すぐにでもおれをひきずりおろしたいと思っているはずだ。

その頼通の父だった入道は、まさにおれにとって敵の代表みたいなものだった。

このふたりのじいさまたちは、そんなおれに入道の賛歌を話してきかせるという。

「入道さまとて、人の子。三代にわたり国を治めて、ついには太政大臣《だいじょう》という帝につぐ高い位にもおつきになられましたが、それまでは、けっしてゆるやかな道ではなかったのですぞ」

「そうなのか……?」

おれがきくと、大宅《おおやけ》のじいさまはうなずいた。

大宅世継《よつぎ》のじいさまは、そもそも藤原北家とよばれる一族でさえ、百七十年前に政治の中心にすわるようになったといっても、ずっと安泰《あんたい》だったわけではなく、ほかの有力な貴族といつも権力を争ってきたのだという。

また北家《ほっけ》の中でも、兄弟や叔父甥《おじおい》の間で、はげしい競争があったのだそうだ。

もちろんおれの生まれるずっと前のことだ。くわしいことは知らなかった。

「入道さまは、その最後の勝者になられたお方だともうしあげましょうか」

「なるほど」

「それで入道さまのご栄華《えいが》を知っていただくために、まずは藤原北家《ふじわら》のことをお話しせねばと思いましてな、藤原家が百七十年ものあいだにおつかえしてきた天皇さまのことを話してきたのです。そして本日は、いよいよ花山《かざん》天皇のことをお話しする番ですのじゃ」

「おお……」

「花山天皇のご出家がなければ、入道さまの栄華への道が開かれたかどうか、わかりますまい」

花山天皇は、おれの祖父、三条天皇の異母兄だった。

つまりおれにとっての大伯父《おじ》さんだ。

花山天皇は、妻と子をいっぺんに失い、生きていくのがいやになって仏につかえることを決意し、帝の位を先代の天皇の子だった懐仁《やすひと》親王にゆずられた。それで一条天皇が誕生《たんじょう》したのだが、そのとき新しい帝はわずか七歳だったために、入道の父にあたる兼家《かねいえ》が摂政《せっしょう》となった。それが入道の一門の栄華がはじまるきっかけになったのはひろく知られていた。

「ただ、花山《かざん》天皇のご出家が本人のご意志だったかどうかはわかりません」

「それはどういうこと？」

「口の悪いいい方になりますが、花山天皇はそのときはめられたのです」

続く大宅《おおやけ》のじいさまの話は、驚《おどろ》くべきことだった。

大宅のじいさまは、ゆっくりとこう語りはじめた。

「あれは、寛和《かんな》二年（九八六年）の六月のことでございました……」

2　花山《かざん》天皇の出家のなぞ

「ああ、さびしいものよ」

花山天皇は、心から愛した女御《にょうご》の藤原忯子《ふじわらのしし》さまがおなかに赤ん坊を宿しながら亡《な》くなってしまってからというもの、悲しみのあまりふさぎこんでいたという。

それを見かねるように、ある日、おそばにつかえていた粟田殿《あわたどの》（藤原道兼《みちかね》）がこうすすめたのだ。

「ならば女御さまのお近くへまいられたらいかがでしょう」

「と、もうすと？」

「仏門に入られませ。この道兼も、帝と、ともに出家し、亡き女御さまとお子の御霊《みたま》をおなぐさめさせていただきます。さすれば帝のお心も安んじられるのではないでしょうか」

まだ十九歳の花山天皇は、道兼さまのこのすばらしく献身《けんしん》的な言葉に、さすがに驚《おどろ》かれたのだろう。

「まさか、そちも身分を捨ててくれるというのか？」

「もちろんでございます。この道兼《みちかね》は、帝におつかえしているのでございますから」

「すまぬ。そちが私のことをそこまで気にかけてくれているとは……」

花山《かざん》天皇は感動して、目に涙《なみだ》を浮かべた。

「寺に入り、俗世を離《はな》れて亡《な》き怟子《しし》や子の御霊《みたま》と静かに語りあう。ああ、それこそ、私が求めていたものだ。しかし、そんなに簡単にことが運ぶのか？」

「たしかに仏につかえることの尊《とうと》さを理解せずに、帝のご意志をふみにじり、とめようとするものが現れましょう。これはくれぐれも秘密にしておかなければなりますまい。幸いに皇太子の懐《やす》仁《ひと》親王さまには、わが父がついております。あとのことは心配いりません」

「なにからなにまですまぬ。そちに迷惑をかけるがよろしくたのむ」

◯

「花山天皇は、そうもうされて小さく頭をさげると、久しぶりに晴れやかな顔になったそうでございますよ」

「へえ、道兼《みちかね》さまって、そういうけなげなお方だったのか。天皇の傷心《しょうしん》に同情して、頭を丸める決意をするなんてまさに名臣だね」

俊《とし》ちゃんが声を上げると、大宅《おおやけ》のじいさまは、腹をゆすって笑った。

「こちらの若さまは、まことにすなおなお心をお持ちでございますな。道兼公はそのような清きお心の持ち主ではありませぬよ」

「えっ？」

「花山《かざん》天皇はご出家をそのときはいったん決意されたものの、やはり天皇としての責任もお考えになられていて、いきなり政務を放り出してしまってよいものか悩まれ、道兼公に相談なさったのです」

ところが、道兼は天皇を逆に叱《しか》りつけたという。

「仏門に入るというのは、そのような俗世間にわずらわされず、心から仏とむきあうことでございます。未練がましいことをもうされますな」

しかも天皇が心変わりしないよう、天皇のしるしである神璽《しんじ》（八尺瓊勾玉《やさかにのまがたま》のこと）と宝剣（草なぎの剣《つるぎ》のこと）は、すでに皇太子の懐仁《やすひと》親王に渡してあるときいて、花山天皇は、もはや出家するよりしかたがなくなってしまったのだそうだ。

そして、道兼《みちかね》に導かれ、ひそかに御所の裏口から忍《しの》び出たのだったが……。

「それはまことに月の明るい晩のことだったそうです」

花山《かざん》天皇は、月影《つきかげ》の下をしばらく歩いて、ふと亡《な》くなった女御《にょうご》が生前にくれた手紙を大事にしまっていたことを思い出し、取りに帰ろうとした。それを道兼公はおしとどめたそうだ。

「いま、御所に戻《もど》られてだれかに見られでもしたら、どうなさいます。きっととめられてしまうでしょう。計画がだいなしになり、仏につかえる機会は二度とやってこないでしょうと、そら泣きをして見せたのでございます」

「そら泣き……？」

「泣いたふりをなさったということですよ」

大宅《おおやけ》のじいさまはそういって話を続けた。

やがて道兼公につれられ、幾人《いくにん》かの護衛の武士たちに守られて花山天皇が通りを歩いていくと、安倍晴明《あべのせいめい》の屋敷《やしき》の前にさしかかった。

「え、せ、晴明か……」

俊《とし》ちゃんがおれのほうを見た。

安倍晴明とは、陰陽道《おんみょうどう》という人々の暮《く》らしに大切な天文や暦《こよみ》から、自然のことわりまでを追求する学問を極《きわ》めた天才・陰陽師《おんみょうじ》だ。

たしか数十年前に亡《な》くなったはずだが、暗闇《くらやみ》にひそむ鬼《おに》やもののけ、テングなどを退治したり、動物や虫に魔術《まじゅつ》をかけ式神《しきがみ》という家来にしていたりと、多くの伝説に彩《いろど》られた人物だった。不思議大好きな俊《とし》ちゃんの憧《あこが》れの人だ。

ちょうど花山《かざん》天皇が、その安倍《あべ》家の屋敷《やしき》の前を通りかかったときだった。屋敷の中から、晴明《せいめい》の声がきこえたという。

『これは怪《あや》しい気配がする。もしかすると帝が退位あそばしたのかもしれん。式神のひとり、御所までいって見てまいれ』

すると、音もなく門がぎいっと開いて、目に見えないなにものかが通りをうかがい、しばらくして『今、帝は当家の前をお通りになっております』という声がきこえたらしい。

「安倍晴明さまは、花山天皇がまだ幼い時からそばにつかえていたそうで、この出家のことに、はやく気がつかなかったことをずっと後悔《こうかい》していたともうします」

「あの晴明も出し抜《ぬ》かれたのか？」

「それだけ、道兼《みちかね》公が帝のご出家のことを、ごくごく隠密《おんみつ》のうちに運んだということでございま

しょう」

大宅《おおやけ》のじいさまはそういって、ゆらゆらと扇子《せんす》をあおいだ。

ところが、寺についたときのことだった。先に頭を丸めてご出家をされた花山《かざん》天皇をひとり残して、道兼《みちかね》公は『これより、父の兼家《かねいえ》のもとへまいり、出家することになった事情を話してまいります』といって、帰ってしまったのだという。

道兼公はそれっきり戻《もど》ってはこなかった。

「道兼公は、はじめから出家などするつもりはなかったのですよ。道兼公は花山天皇をご退位あそばせ、幼い皇太子をつぎの帝にしようと考えていたのです。裏《うら》で糸をひいておられたのは、もちろんお父上の兼家公でしょう」

悲嘆《ひたん》にくれる自分に同情し、一緒《いっしょ》に出家してくれるとばかり思いこんでいた花山天皇も、ようやくに道兼公にだまされたことに気づき、はらはらと泣かれた。

これは、道兼公の父親が、孫の懐仁《やすひと》親王（のちの一条天皇）を帝にして、みずから摂政《せっしょう》になろうと思いつき、息子の道兼に命じてやらせた陰謀《いんぼう》だったというのだ。

「それは、まことか？」

と、おれがきくと、じいさまたちははっきりと、うなずいてみせた。

そこへ、小僧さんが現れ、雲林院《うりんいん》の住職が説教をしに出てくるというので、じいさまたちの話に、しんとしずまりかえっていた部屋がようやくにざわついた。

「では、本日は、ここまでにしておきましょう。若さまたちとは、またお目にかかりましょうかな」

じいさまたちが話をうちきってしまったので、座敷《ざしき》から出てきたのだが、いまだに信じられない気持ちだった。

〇

いつのまにか空は、ほんのり夕焼けに染《そ》まりはじめていた。影《かげ》も長くなっていた。

雲林院の広い庭に出て、池のまわりを歩きながら、俊《とし》ちゃんがいった。

「花山天皇は、あのときまだ十九歳だったんだよね。それで隠居《いんきょ》するなんてさすがにきついなあ」

今の兄上よりも若くて、退位してしまったなんて……。

「いくら権力がほしいからといって、大臣が帝をだますなんてゆるされるものか。まして道兼《みちかね》は、帝にとって腹心の蔵人《くろうど》（秘書）だったのに」

おれが、ひとりごとをつぶやいたときだった。

「ほんとよね」

ふいに声がきこえ、あたりを見まわすと、足もとの草むらから白猫《しろねこ》が一匹、こちらをのぞいていた。さっきの賢子《かたこ》おばさまの家の猫だ。

「モモが口を？　そんなわけ、ないかあ」

おれが笑いかけたとき、そのモモがまたしゃべった。

「どうして、そんなわけがないと思うの？　もっと、ご自分の目や耳を信じなさいな、尊仁《たかひと》皇子さま」

わっと、俊《とし》ちゃんがうしろにとびのき、しりもちをつきながらわめいた。

「ば、化け猫……」

「失礼ねえ。お師匠《ししょう》さまに、変化《へんげ》の術をかけてもらって、今は猫になっているだけです。ほかにもいろいろ理由もあるけど、とりあえずあれこれ歩き回るのにこの姿《すがた》が便利なんですよ」

「じゃあ、モモ、おまえは……人間なの？」

しゃがみこんできいてみる。モモが顔をあげた。

「そうですよ。それより、尊仁《たかひと》さま？　花山《かざん》天皇さまのご出家にまつわる陰謀《いんぼう》のことを知ってどうされますか？」

モモも、おれの名前も、身分もちゃんと知っているようで一応、敬語をつかった。まあ賢子《かたこ》おばさまのところにいたのなら、知っていて当然だった。

モモも、今さっき、大宅《おおやけ》のじいさまたちの話を天井からきいていたという。

「もちろん、あらためて調べてみて、もしほんとうだとわかれば処罰《しょばつ》する」

「でも、六十年もまえのことですよ」

「あ……たしかに」

花山天皇も、だました道兼《みちかね》公も、裏《うら》で糸をひいたとされる父親の兼家《かねいえ》公だって、とっくに亡《な》くなっているのだ。

「私も、どうして花山天皇がきゅうに出家なさったのかわからずに、その真相を知りたくてここまでやってきたのですが……」

「真相を？」

「ええ、私のお父さまは藤原為時《ふじわらのためとき》と申《もう》しまして、花山天皇が小さい頃《ころ》からの学問の先生としておそばにおつかえしていたのです」

帝になってからは、モモの父親は、式部大丞《しきぶのだいじょう》として道兼《みちかね》公たち蔵人《くろうど》の上司をしていたという。

それが、とつぜんに帝が出家してしまって、監督《かんとく》不行き届《とど》きとして、ときの右大臣によってお叱《しか》りを受け、身分をはく奪《だつ》され、謹慎《きんしん》しなければならなかった。

そのせいでモモの父親は心を痛め、病気になってしまったそうだ。

それにしても為時《ためとき》とは……？

どこかで耳にしたことのあるような名前だった。

ところがそのモモの父親を罰した右大臣こそ、今回の出家騒動《そうどう》の黒幕だといわれた藤原兼家《ふじわらのかねいえ》だったのだ。

「それって右大臣は真相を知っていて、モモのお父上に責任をおしつけたってこと？」

と、俊《とし》ちゃんがきいた。

「そういうことになります。私のお父さまだけじゃなく、そのとき花山《かざん》天皇のまわりにいた者たちがおおぜい処分されました。ただひとり道兼さまをのぞいてね」

モモが怒《いか》りをふくんだ声でいうのをきいて、ふいに気がついた。

「あれ、父上が花山天皇におつかえしていたというなら、モモはいったいいくつなの？」

「私は天延《てんえん》二年（九七四年）の生まれです」

ということは、今年で七十三歳ということになる。

「どひゃあ、そんなお歳とは知らず、これは失礼しました」

と、俊《とし》ちゃんが頭をさげた。

身分もさることながら、おれたちは、老人を敬うべしと教えられているのだ。

さっきのじいさまの傍《かたわ》らにいた繁樹《しげき》の妻という、しわしわの大ばあさまのことを思い出していると、モモはきょとんとした顔をした。

「いえいえ、私はそんなに年寄ではありませんよ。私は時空の旅人ですから」

「時空の……旅人……?」

「ええ。花山《かざん》天皇が出家された年からやってまいったのです」

「はあ?」

俊ちゃんとおれは思わず声を上げた。

「お師匠《ししょう》さまに相談して、歴史の真相を知るという鏡の仙人《せんにん》を追いかけ、時穴《ときあな》を抜《ぬ》けてきたのです」

「鏡の仙人?」

「ええ、お師匠さまの話では、さきほどの大宅世継《おおやけのよつぎ》さまと夏山《なつやまの》繁樹さまは、この国の歴史をつかさどる仙人だそうでして、歴史を鏡のようにうつしだし、お教えすることで、世直し人を探されているのだとか」

「それはどういうこと？」

「歴史の中では、時としてよこしまなものが現れ、本来この国がたどるべき道を誤《あやま》ってしまうことがあるのだそうです。鏡の仙人たちは、そのゆがみを直さなければならないときに現れ、だれかに、歴史を学んでもらって国のあるべき姿《すがた》を思い出してもらい、この国の行方を託《たく》すのだろうと、お師匠《ししょう》さまはもうされました」

「じゃあ、これまでにもあのじいさまたちは現れているの？」

「ええ、何度もあるそうです。私が知っているのは二度ほどですが。ただせっかく託されても、人には寿命《じゅみょう》というものがありますし、鏡の仙人たちの思いが伝わらないこともあったようで、なかなかに難《むずか》しいようです」

「ふうん。だとしたら、今、現れたってことは、時代がまたゆがんでしまったので、つぎの世直し人を探しているっていうことか？」

「そうだと思います」

猫のモモはおれを見あげた。

たしかに、今はいろいろおかしいことになっている。

貴族たちはますます派手な暮《く》らしをする一方で、民は貧困《ひんこん》や疫病《えきびょう》に苦しんでいるのだ。つい先《さき》頃《ごろ》も関東のほうで、賊《ぞく》があばれ、都から兵を送って鎮圧《ちんあつ》をしなければならなかった。これも今の政治への不満がたまっているせいかもしれない。

ただ、兄の帝は心優《やさ》しいが、病弱で、時代を改革していくだけの気力はなさそうだ。

あのじいさまたちはかつての大政治家だった入道をほめたたえていたが、今の政治の中心は、その子の関白の頼通《よりみち》公が受け継《つ》いでいる。

だが、関白は、父の入道とは違《ちが》って、ひたすら藤原《ふじわら》一族の繁栄《はんえい》ばかりを願っているようで、民のことを考えているとは少しも思えなかった。

「とはいえ世直し人になれるようなものが、今の時代にいるのかなあ?」

「もしかして、まだ知られていない、すごい英雄《えいゆう》がかくれているのかもよ」

と、俊《とし》ちゃんが自分の鼻先をゆびさした。

「このまろとか?」

「そうかもしれませぬね」

モモはふふと笑い、真剣な顔に戻《もど》った。

「それより尊仁《たかひと》さま、道兼公《みちかね》のことどうされますか？」

「うむ……」

おれは腕《うで》組みをした。

帝をだました罪により罰《ばつ》を与えるといっても、本人が亡《な》くなっている以上はどうしようもない。その一門の藤原北家《ふじわらほっけ》を断罪するのも今となっては無理な話だ。

「なあ、過去からやってきたということは、モモはその時代に戻《もど》れるの？」

「ええ、時穴《ときあな》をつかえば……」

時穴は、鏡の仙人《せんにん》の通り道なのだという。

「お師匠さまのお話では、仙人が現れたところだと時間と時間がつながって行き来できるようになるのだそうです」

「だったら花山《かざん》天皇ご本人に道兼公を処罰してもらうか」

「なるほど、そうか、それはいい」

と、俊《とし》ちゃんが手を打った。

「モモに花山天皇に会ってもらい、進言するんだね」

「なにいってんだよ、おれたちが一緒《いっしょ》に行くんだよ。その時穴を抜けて過去へ」

「ふえっ?」

俊《とし》ちゃんは、おれを見た。

「な、モモ、その穴はおれたちも通れるぐらい広いのかなあ」

「ええ、なんとか……ただ、ほんとうに行くんですか? なら、とりあえずむこうでお師匠《ししょう》さまに相談してみますか?」

「うん。ところで、おまえのお師匠さまって、いったい何者なんだ?」

おれはきいてみた。

「安倍晴明《あべのせいめい》さまともうします。さっき大宅《おおやけ》のじいさまのお話に出てきましたでしょう。森羅万象《しんらばんしょう》と人の世の理《ことわり》について極《きわ》められたお方です」

安倍晴明か……。

モモは、時穴《ときあな》を通る前に弟子入りし、陰陽術《おんみょうじゅつ》を習ったのだという。

短い時間である程度、呪術《じゅじゅつ》がつかえるようになったのは、モモが生まれもってそういう不思議な能力を備えていたのかもしれない。

「え、まさか、では、むこうに行けばあの晴明さまに会えるのか? なら、まろも行くよ」

俊ちゃんが声を上げた。

3　時《とき》穴《あな》のむこうへ

猫《ねこ》のモモがむかったのは、雲《う》林《りん》院《いん》裏《うら》の林の中だった。うっそうとしげる竹林のむこうに古びた祠《ほこら》があったのだ。

扉《とびら》をぎいっと開けて、中に入る。わりとひろくて薄《うす》暗《ぐら》い。

壁《かべ》のすきまから夕《ゆう》暮《ぐ》れの光が差しこんでくるのだろう。わずかにちりが舞《ま》っているのがわかる。

モモはふりむきもせず、どんどんと奥へと進んでいく。

すると一枚の屏《びょう》風《ぶ》があり、そのうしろに穴が開いていた。それも三寸（十センチ）ほどの小さな穴だった。

「ああ、よかった」

と、モモがほっとしたようにいった。

「ここが時穴？」

「ええ。でも開いているかどうか、心配だったのです。一度、迷子になったので……」

モモはおれたちの時代にくる前に、さきに二十年ほど前の地点にもやってきたのだという。ただそこでちょっとした事件がおきたらしい。

「ちょっとした事件って?」

「いやいやたいしたことはありませんから、おかまいなく」

モモは、へへへとおかしな笑い声を立てた。

「それよりこの巻物はどうしたらいい?」

と、俊《とし》ちゃんが背中《せなか》の風呂敷《ふろしき》をゆびさした。

「それはぜひお持ちくださいませ。お師匠《ししょう》さまが一度ご覧《らん》になりたいともうしておりましたからね。それを持ち帰るのも、私の役目なのです。でもなかなか見つからなくて……」

モモは、賢子《かたこ》おばさまの屋敷《やしき》では人の言葉をつかわなかったから、探し出すのに苦労していたらしい。

それを俊ちゃんが持ち出したのを知って、あとをつけてきたのだ。

「おかげで、元の時代に戻《もど》ることができます。では、尊仁《たかひと》さま、俊房《としふさ》さま、しばらくご辛抱《しんぼう》を」

モモはそういうと、うしろ足で立ちあがって、にゃごにゃごとなにごとかとなえながらおれたちのまわりをくるくると踊りだした。

と、ぽんと煙《けむり》がたちのぼったかと思うと、目の前に太ったぶちのブサ猫《ねこ》がいた。

なにかに驚《おどろ》いたように目をまるくしている。

「びっくりしたなあ。まろはしょんべんちびりそうだった」

「って……その声はもしかして、俊《とし》ちゃん？」

「わあっ、尊《たか》ちゃんが猫になっている。どうしたんだよ。あ、まろもだあ」

さわぐ俊ちゃんではないが、おれも、キジトラの猫になった自分のからだを見て、絶句した。

俊ちゃんは、自分のしっぽをつかまえようとくるくる回って、目が回ったのか尻《しり》もちをついた。

背中《せなか》の風呂敷《ふろしき》につつまれた巻物も、身の丈にあわせて小さくなっているのがご愛嬌《あいきょう》。

「それにしても、なんで、おれたちまで猫になるわけ？」

「猫がお嫌《きら》いですか？」

「べつにそういうわけじゃないけど……」

「その穴《あな》をくぐるのにからだを小さくしなければなりません。それに、お師匠《ししょう》さまの話では猫はなにより魔除《まよ》けにもなるのだそうです」

猫は古来より霊験《れいげん》があり、魔物をよせつけないのだという。

時穴《ときあな》は、魔道《まどう》とつながってるから、死者もいれば鬼《おに》やもののけも通るらしい。

「魔道《まどう》……?」

「はい、時穴《ときあな》はこの世とあの世を分ける道でもあるのです。いわば、もののけの住処《すみか》ともいえるでしょう」

もののけや鬼《おに》、幽霊《ゆうれい》とは、この世のものではないが、成仏できないためにあの世にも行けないものたちなのだ。

「時穴に入るときに、私が結界を張ります。なので相手に気づかれさえしなければだいじょうぶなんですが……。でも、どうぞご用心あそばせ。ここを一度くぐったら、なにを見ても、きいても、私がよいというまで、絶対に口をきいてはなりません」

「ばれたら?」

「鬼やもののけが、わらわらやってきて食われてしまうでしょう」

「ひっ」

ぶち猫《ねこ》の俊《とし》ちゃんが息をのんだ。

「わかりましたか?」

「はい」

モモのきびしい口調に、これは従《したが》うしかあるまいと、猫になったおれたちはうなずいた。

でも、まさか、おれたちまで猫《ねこ》になるなんて……。

もしかして、おれは夢を見ているのか？

そんなふうに思って、自分の顔をつねろうとしたら、ぽよぽよと肉球があたってつねれなかった。

「なら、まいりましょう」

モモは、しっぽをぴんとたてると、とっとと穴《あな》の中へ入っていく。

暖《あたた》かい風がむこうのほうからふいてくる。土の湿《しめ》っぽいにおいに混じって、少し生臭《なまぐさ》いにおいもした。

穴に入るとモモの白いからだがぼおっと発光した。

俊《とし》ちゃんとおれは、モモのうしろについていく。

時穴の中は真っ暗ではなかった。

ただ、なにもない。草一本はえていないのだ。

うすい灰色《はいいろ》の霧《きり》のようなものが、闇《やみ》にゆらゆらと漂《ただよ》っているだけだ。

そのせいで遠くまでは見えないが、モモのからだが光っているので、迷うことはなさそうだった。

そのとき、モモの声がきこえた。

お経かなにかの呪文《じゅもん》をとなえているらしい。

その声は、波のように遠ざかったり、近づいたりした。

と、ふいに頭が馬のカタチをした男がおれたちの前をよこぎった。

それから、ガサッとそばの草むらがゆれ、腰《こし》の曲がった鬼《おに》も現れた。なにかをずりずりとひきずっている。

見れば鬼が手にしているのは、黒い女の髪《かみ》で、その先にはちぎれた屍《しかばね》がついていた。

「うっ」

俊《とし》ちゃんが思わず声をもらすと、鬼がはっとしたように足をとめて、こちらを見た。もっとも結界が張ってあるので、鬼には、おれたちは見えないらしい。

モモは呪文をとなえながら足を速めた。

うしろをふりむくと、さっきの鬼がこちらをじっと見つめながら、首をかしげている。

それからも首のない犬が走ってきたり、赤ん坊を背負《せお》った若い女の幽霊《ゆうれい》が笑いながら通り過ぎたりした。

今の者たちはみな、なにか思いを残してあの世に行けなかった幽霊や、怒《いか》りや悲しみや恨《うら》みが固まって魔物《まもの》になった者たちだ。彼らは、この世にときどき顔を出して悪さをするといわれている。

ふいに呪文《じゅもん》をとなえるモモの声が大きくなり、一瞬《いっしゅん》、あたりがまっ暗になったかと思うと、ふいに外に出た。

どこかの屋敷《やしき》のようだった。

○

もう夜なのか、満月がこうこうと、庭を照らしていた。ろくに手入れもされていないらしく、草がうっそうと生い茂り、虫も鳴いている。

「もういいですよ」

モモの声に、俊《とし》ちゃんは、はあとためいきをもらした。

「ああ、よかった。まろはしょんべんちびりそうだった」

「ほんとだぜ。あぶなかったよ、まったく、口きくなっていわれてたのに」

おれが文句をいいながら、うしろをふりむいてモモにきいてみた。

「ところで、ここは？」

「お師匠《ししょう》の晴明《せいめい》さまのお屋敷《やしき》です」

なるほど時穴《ときあな》は、安倍《あべの》晴明の屋敷と直接つながっていたのか……。

時穴はすなわち、魔道《まどう》の通り道。鬼門《きもん》になる。それを陰陽師《おんみょうじ》の晴明が守っているらしい。

と、そのとき、屋敷の玄関が開いて、貴族のなりをした青年が出てきた。

目元のすずやかな好男子だった。

なにやら考え事をしているようで、うつむきがちにぶつぶつつぶやきながら歩いてきて、いきなり俊《とし》ちゃんのしっぽをふんづけた。

「ンギャアア！」

と、この世のものとも思えない、俊ちゃんの悲鳴。

「おお、これはすまぬことをした。猫《ねこ》どの、ゆるせ」

青年はぶち猫の俊ちゃんに律儀《りちぎ》にあやまると、

「おぬしたちは晴明の屋敷の猫か。お詫《わ》びにあとでなにか届《とど》けるから、かんべんしてくれ。今はいそいでいるでな」

それから、おれたちの頭をひとつずつなでて、早足で門を出ていく。

けれども途中で、石にけつまずいて、おとととっと転びそうになっている。

けっこう騒《さわ》がしい若者のようだ。

「まあ」

と、モモがくすっと笑った。

「道長《みちなが》さまったら……」

「え、道長って？」

「はい、兼家《かねいえ》さまの三男で、かの道兼《みちかね》公の弟ぎみですよ」

あいつが道長か？

どうやら藤原《ふじわら》の入道こと、道長もこの時代はまだ若かったらしい。

それにしても、晩年に出家して頭を丸めて入道とよばれるようになった、大政治家としての迫力みたいなものは、まるでなかった。

その道長が門から出ていくと、すぐに塀《へい》のむこうで、足音がきこえた。

それもかなりの人数だ。

塀のすきまから外をのぞいてみる。

豪華《ごうか》な貴人が乗る牛車を、武装《ぶそう》した武士の一団が守りながら通り過ぎるところだった。

さすがに藤原《ふじわら》一族の御曹司《おんぞうし》ではある。

「花山寺《かざんじ》へいそげ」

牛車の中から道長《みちなが》が命じている。

一団が角をまがるまで見送っていると、……なにやらぴたぴたと音が近づいてきて、

「もーし、道長公は、花山寺へ行かれるとおっしゃいましたかな」

見れば一匹のガマガエルが両足で立っているのだった。

しかも、なまいきに後ろ手をくんだりしている。

「花山寺というと…」

俊《とし》ちゃんがふまれたしっぽがまだ痛むのか、おさえながらきいた。

「花山天皇が出家されて法皇になられてからおすまいになっている寺ですよ。ふむふむ、なるほど……花山寺にむかわれたか。一緒《いっしょ》についていって様子をうかがおうと思ったが、モモどのが戻《もど》ってまいられたのなら、きょうのところはよしとするか」

カエルはそう答え、あとのところはひとりごとのようにいった。

白猫《しろねこ》のモモがきちんとひざまずいて
「お師匠《ししょう》さま、ただいま戻りました」

「うんうん、無事でなにより。で、このものたちは？」

「尊仁《たかひと》親王さまと、俊房《としふさ》さまでございます」

モモが、おれたちの素性をあかした。

「未来の皇太弟と、関白家のご養子とな。これは、またたいそうなご身分の方がはるばるいらしたものよ。あばら屋ではございますが、ここでは夜露《よつゆ》にぬれますから、ともかく中へお入りくだされ」

カエルはそういうと、ゆっくりと歩き出した。

それが、しだいに人の姿《すがた》に変わっていく。

「おおお……」

俊ちゃんがまた声を上げたが、びっくりしたのはおれも一緒《いっしょ》だった。

屋敷《やしき》の玄関《げんかん》につく頃《ころ》にはカエルは、白髪《しらが》まじりの老人の姿に戻っていたからだ。

これがこの屋敷の主、安倍晴明《あべのせいめい》その人だったのはいうまでもない。

○

晴明《せいめい》が案内してくれたのは、庭の見える座敷《ざしき》だった。

野草の生い茂る草むらから秋の虫が鳴いている。

晴明がおれたちのほうを見て、

「皇子さまがた、もうそろそろ四つばいで歩かなくてもよろしいのでは?」

「へっ?」

おれたちはたがいを見あって、

「わっ」

と、声をあげた。

おれたちも、いつのまにか猫《ねこ》からもとの人の姿《すがた》に戻《もど》っていたのだ。

こうなると妙《みょう》に気恥《きは》ずかしいものがある。おれは照れかくしで、わざとえらそうに奥にすわると、さっそく晴明に時穴《ときあな》のことをきいてみた。

時を越え、昔に戻っているということがまだ信じられなかったのだ。

「さよう、尊仁《たかひと》さまが今いらっしゃるのは、寛和《かんな》二年(九八六年)の九月二十日。もうじき日が変わろうかという真夜中でございます」

「では、おれたちは、ほんとうに六十年も過去へさかのぼったのか?」

晴明《せいめい》はうなずいた。

「時間というものは、この宇宙を流れる川のようなものなのです。そこには過去も今、未来もあります」

ただし「時間」は、あくまでその人にとってのもの。

晴明にとっての「今」は、おれにとっての「過去」だといわれて、なんとなくわかったような気がした。

「お師匠《ししょう》さま、お茶をお持ちしました」

ふいにうしろで声がして、ふりむくと黒髪《くろかみ》の美しい娘が、うすものをあわせ、その上に裾《すそ》の長い紅葉《もみじ》をちりばめた着物姿《すがた》で廊下にすわっていた。

「おお、これはすまぬな、モモどの」

え……これがモモの正体か？

思わず見とれていると、少女はにっと笑い返してきた。

どきりとするぐらいかわいらしい。ただ、とがりぎみの口が、どこか勝気そうだ。

さきほどから白猫《しろねこ》がいないと思ったら、人の姿に戻《もど》ったらしい。あるいは猫が人の姿をしているのか……。

「モモって、まるでお姫《ひめ》さまのようだな」

「さようで。尊仁《たかひと》さま、モモどのはれっきとした姫ぎみですぞ。花山《かざん》法皇の勉強を皇太子の頃《ころ》から見ておられた式部大丞《しきぶのだいじょう》の藤原為時《ふじわらのためとき》さまのご息女です」

そういえばそういっていたな。

「そうか、モモはここでは十三歳に戻《もど》ったのか。時空の旅人は、元に戻《もど》れば旅立ったときと同じ、かわらないいんだね？」

「いや、少し違《ちが》います」

晴明《せいめい》はそういった。

「時というものは流れる川の水のようなもの。とまることはありません。時空の旅人も、人ですから歳はとります。ここで、もしあなたさまが一年過ごされれば、あなたさまは一つ歳を重ねられるでしょう」

つまり、元の世界に戻ったとき一年がたっているということになる。

それはわかるが……。

「え、だったら、まろたちはむこうでは、どうなっているの？」

俊《とし》ちゃんが、ふいに気になったらしい。

「神隠《かみかく》しにあわれて、消えているということになるでしょうな」

「それはたいへんだ。今頃《いまごろ》大騒《おおさわ》ぎになっているに違《ちが》いない」

おれが腰《こし》をあげた。

「まあ、お静かに。すぐに戻《もど》ればそう騒ぎにもならないでしょう」

と、モモがすまし顔でいう。

「賢子《かたこ》がきっとうまいこと取りつくろってくれると思いますし」

「えっ、賢子って。だれ？」

俊《とし》ちゃんがきき返すと、

「あら、私の娘です。おふたりで今日お見舞《みま》いしてくださったじゃないですか。ありがとうございました」

モモが頭をひょいとさげ、すぐに小さく舌を出した。

娘って……賢子おばさまの母親ってことは……。

「じゃあ、あなたは……？」

「だからモモです」

すると晴明《せいめい》が笑い出した。

「モモどのの父上は、先ほどももうしましたが、学者で詩人の藤原為時《ふじわらのためとき》さまですよ。未来では知られてませんか？」

いや、もちろん知られている。

けれども、それより賢子《かたこ》おばさまの母上のほうがはるかに有名だ。

「モモどのはもうすぐ香子《こうこ》と名乗るだろう」

「ええ、近いうちに御所にあがりますから」

「そして、やがてはのちに『源氏物語』を書き、その名が広く知られるようになるんだぞ」

おれが答えると、ようやく俊《とし》ちゃんも合点がいったようだ。

「え、じゃあ、モモが、あの紫式部《むらさきしきぶ》？」

「ほお、モモどのは物語をお書きになるのか？　してどのような……」

晴明《せいめい》にきかれて、モモは少し顔を赤らめた。

「いや、それは自分でも読んでいないので、耳にしたうわさだけですが、なにやら皇子さまと女子たちの恋の物語とか……」

「ほお、で、賢子というのはモモどのの娘御か」

晴明はおもしろそうに笑った。

「はい。自分の娘に会うというのも不思議な気分でした。私の身元をばらすようなことはしませんでしたが」

「うむ、それでよい」

晴明《せいめい》がうなずいた。

それにしても賢子《かたこ》おばさまは今年で四十八歳だ。

「母親のほうが、娘より若いって、なんかへんだよな。なんだか夢を見ているようだ」

おれが声をあげると、モモはつつっと近づいてきて、いきなりおれのほおをつねった。

「これでも夢ですか?」

「ってて……ちょっと痛いんだけど」

「あら、ごめんあそばせ。皇太弟さまにとんだご無礼を……ほほほほ」

モモは、お香をたきしめたようなよいにおいを放ちながら、ほっそりしたゆびで口元をおさえて笑った。

「でも、賢子が自分の子だって知っていても、私もぜんぜん実感はございませんの。私が賢子の父親になる方と会うのはこれよりもっとずっと先だそうだし。どんな方なのかもまだ知りません」

「あれ、モモは、時穴《ときあな》を通って未来に行ったり、過去に戻《もど》ったりできるのではないの? 自分が結婚《けっこん》する相手を見たりしなかったんだ?」

そうきくと、お茶をのんでいた晴明《せいめい》が顔をあげた。

「モモどのに、そこまでの術はつかえません。モモどのが時を越えることができるのは、時穴《ときあな》が開かれた時と場所のみ」

さっきの時穴は、鏡の仙人《せんにん》とよばれる先ほどの大宅世継《おおやけのよつぎ》と夏山繁樹《なつやまのしげき》というふたりのじいさまたちの通り道だ、と晴明もモモと同じことをいった。

「仙人たちは世直しを求めて現れるときいたが、まことか?」

モモにきいた話を思い出し、おれが質問すると、晴明は小さくうなずいた。

「さよう。鏡の仙人たちは直接、手を貸して世直しをすることはできませんからな。彼らができるのは、これはと思うものを見つけて、導くこと」

では、おれたちに花山《かざん》天皇の出家にまつわる出来事を教えたのも、それとかかわりあいがあるのか……。

「鏡の仙人の話では、花山天皇のご出家は、道兼《みちかね》の陰謀《いんぼう》によるとのこと」

「そのようですな」

「晴明は知ってたのか?」

と、おれはきいた。

「だってモモは知らなかったぞ」

「道長《みちなが》どのが知らせてまいったのです。ひと月ほどまえのことでございます。モモどのが未来へ旅立たれてしばらくしてからのことでございました」

花山《かざん》天皇が出家して退位し、一条天皇が即位したあとのこと、道長が、ことの真相をどこかからかきいて晴明《せいめい》のもとへ相談にやってきたのだという。

「ひどくあわててやってきて、このような大それたことはゆるされない。どのようにとりはからったらよいかと」

「道長が、そのようなことを？　で、どうなった？」

「お考え通りになされよと忠告しました」

「では、憎《にく》き兼家《かねいえ》と道兼《みちかね》親子を処罰《しょばつ》することになったのか？」

「いいえ、法皇は、せっかく手に入れた平穏《へいおん》は壊《こわ》したくないともうされたとか」

「そんな……家臣が帝をだます。これはまぎれもない反逆。それを帝がほうっておいては示しがつかないではないか。ならばおれたちがいって、法皇を説得しよう」

おれが立ち上がろうとすると、モモの手がひざをおさえた。

「お待ちください。お師匠《ししょう》さまのお話がまだ終わっておりません」

「いや、そのまっすぐな皇子さまのご気性は、まことに先ほどまでいらした曾祖父《そうそふ》さまによく似ておられますな」

晴明《せいめい》は、ははは と笑いを返した。

え、曾祖父といえば道長《みちなが》か？　おれは、外戚《がいせき》は三条天皇その人で、皇室系にあたる。しかし藤《ふじ》原《わら》一族と直系ではないが、母上が道長の孫になるので血はつながっているのだ。

「道長どのも、尊仁《たかひと》親王さまのように、身内ながら恥《は》ずべきこととお怒《いか》り、花山《かざん》法皇に正直にはなされたそうです」

けれども花山法皇は、たしかに立腹したそうだが、ここで藤原家を敵に回すより、かえって道長と手を結んで監視《かんし》しようと考えなさったのだと……。

「実際のところどうだったのかは、未来からいらした尊仁さまもご存じでは？」

「……」

たしかに、花山法皇をだました張本人たちはひとりも罰《ばっ》せられていない。

「それに、時空の旅人は、みだりに歴史を変えてはいけません」

晴明は少しきびしい口調で言った。

「え、どうして?」

「だって考えてごらんなさい。もし花山《かざん》法皇が道長《みちなが》公の父親や兄を処罰《しょばつ》したとしたら、どうなると思われますか?」

「あ……」

藤原北家《ふじわらほっけ》が天皇家の外戚《がいせき》になることはなかったろう。そうすれば母上も生まれず、つまりおれそのものがこの世に誕生《たんじょう》しないことになるのだ。

「おっかねえ……」

俊《とし》ちゃんがうなった。不思議は好きだが、怖《こわ》いのは苦手なのだ。

モモがうつむいて、両手で顔をおさえた。

「だったら、私はたいへんな間違《まちが》いをおかしたのかと……。花山天皇のご出家にからむ陰謀《いんぼう》をあばき、お父さまへのぬれぎぬをはらしていただこうと、皇子さまたちをおつれしたのですが……勘《かん》違いでした。もうしわけございません」

「いや、そうではないでしょう」

と、晴明《せいめい》はいった。

「モモどのが、皇子さまたちをここにおつれしたのも、いわば宿命、鏡の仙人《せんにん》たちの望みだったのかもしれません。なにしろ鏡の仙人が現れるときは、なにか重大な意味が隠《かく》されているようですから」

これまでにこの仙人《せんにん》のじいさまたちは、何度か目撃《もくげき》されているのだ。

「……そういえば二十年前に、賢子《かたこ》おばさまの母上がじいさまたちを目撃したとか……って、あれ？　それってモモなの？」

「そうだけど違《ちが》うの」

「へっ？」

二十年前に、雲林院《うりんいん》の菩提講《ぼだいこう》で鏡の仙人に出会ったのは、未来のモモこと紫式部《むらさきしきぶ》だった。そのとき紫式部は、鏡の仙人の話の一部を巻物に残したといわれている。でも、目の前の少女のモモにとっては、それは未来の話だ。

「鏡の仙人はあのときも、あるお方に世直しを託《たく》されたようです。そのお方は、未来の私の書いたものを読んで、ぜひ仙人に会いたいとおっしゃってくれたのですが、ちょっとしたことが起きてかなわなかったのです」

「それって、もしかしてまろの父上のことか？」

俊《とし》ちゃんがきくと、驚《おどろ》いたことにモモはうなずいた。

俊《とし》ちゃんの父親は村上《むらかみ》天皇の孫で、臣下となって源《みなもと》の姓《せい》をもらった。

血統でいえば、おれの祖父三条天皇のいとこだ。もっとも歳はずいぶんと若く、おれの父上で今は亡《な》き後朱雀《ごすざく》天皇とほぼ変わらない。

「俊房《としふさ》さまのお父さまの源師房《もろふさ》さまは、入道さまのあとを継《つ》がれるはずでした。でも、その年に関白の頼通《よりみち》さまに男のお子さまがお生まれになったので身をひかれたのです」

「もしかして俊ちゃんの父上が世直しをしくじったってこと？」

「さてどうでしょう。会うことができなかったのは、師房さまの責任ではございません。ただ鏡の仙人《せんにん》がまたもや現れたということは、尊仁《たかひと》さまの時代に、時の流れがふたたび滞《とどこお》り、なにか変革が必要だというのが事実でしょう」

晴明《せいめい》にいわれて、おれたちはたがいの顔を見合った。

「それって、おれたちが世直し人ってか？」

「やっぱり？」

「……まさか？」

と、声をあげたのはモモだった。

「え、なんだよ、それ。おれたちじゃ世直しは無理っていうこと？」

「あ、ごめんなさい。そうではなくてこちらのこと。俊房《としふさ》さまのお父さまが世直し人になれなかったのは、もしかしたら私のせいかなと……」

モモはなにやら考えこんでいるようだった。

「じつは、そのとき未来の私だけでなくこの今の私も師房《もろふさ》さまにお会いしているのです。猫《ねこ》の姿《すがた》ですけどね」

「げ、父上は、猫が苦手だろう」

「ええ、だから近づかないようにしていたのですけど……でも、やっぱり見つかって大騒《おおさわ》ぎになってしまいました」

それで、ひと騒動《そうどう》あったらしい。

「それはともかく師房さまはそのとき十七歳でしたが、とても頭の良いお方でしたよ。紫式部《むらさきしきぶ》の私が書いた巻物に熱心に目を通されていましたからね」

でも、モモのせいで、紫式部の屋敷《やしき》から足が遠ざかってしまったということのようだ。

「父上の猫嫌《ぎら》いもこまったものだよ。それが理由で鏡の仙人《せんにん》の願いをきき届《とど》けなかったとしたら」

俊ちゃんはあきれたようにいった。

「でも、猫の私に出会わなければ……」

と、モモが口をにごした。

「いやあ、世直し人になれなかったのは、父上が意気地がなかっただけだろう。でも、それでよかったと思うよ」

「なぜですか？」

「父上はたしかに勉強はできたかもしれないけど、いささか気が小さいというか、ケチというか……ああいう人が、政治の中心にすわったらひどいことになっていたような気がする」

「そうなの？」

と、モモがおれにきいた。

「癇癪《かんしゃく》持ちなのはたしかだよ」

「このまえ父上の部屋に置いてあった椿餅《つばいもち》がなくなったというので、大騒《おおさわ》ぎしてさ。無実なのに疑われ、ねちねち取り調べられて、女官《にょかん》たちはみんな半べそをかいてたぞ、かわいそうに」

「犯人はどうせ俊《とし》ちゃんだろ？」

「うん……」

うなずく俊ちゃんの頭をぼかりとやり、おれは晴明《せいめい》のほうを見た。

「でも、おれたちに、あの鏡の仙人《せんにん》のじいさまたちがなにを伝えたかったのか、まだよくわからないんだが……」

「さようでしょうな。ともかく今一度、鏡の仙人さまにお会いになられては？」

「でもどうやって……」

「未来のモモどのが書かれたという巻物は？」

と、晴明《せいめい》がきくと、モモは、

「俊房《としふさ》さまがお持ちの風呂敷《ふろしき》の中でございます」

「それはよかった」

じつは、晴明も一度じっくりと鏡の仙人に会ってみたいと思い、陰陽術《おんみょうじゅつ》をつかって時空を調べ、時穴《ときあな》の先にその巻物があると知って、モモに取りに行かせたのだという。

「書物には魂《たましい》がやどるのです」

晴明はそういって立ちあがると、巻物を手にし、とつぜんに大きく投げた。

すると、何巻もの巻物がそれこそ生き物のように波打ち、部屋中にひろがって、幾重《いくえ》にも重なっていく。

その中心に晴明は立つと、手を目のあたりにかざしながら、なにやら呪文《じゅもん》のようなものをとなえはじめた。

「カラリンチョウカラリンソワカ
鏡の仙人《せんにん》よ、いざおでましあれ」

不意にどこからか甲高《かんだか》い笑い声がした。

それから無数の足音や、ざわめき、風の音。動物の鳴き声や、剣がうちあうような金属音、うめき声、悲鳴……。

その物音は巻物の中からきこえてくるようだった。

ふいに、気がつくと晴明《せいめい》のすぐうしろに、さきほどの雲林院《うりんいん》にいたふたりのじいさまが、わははと笑いながらすわっていたのだ。

第二章

物語の中へ

1　鏡の仙人《せんにん》

「またお目にかかりましたなあ、若さまがた」

と、でっぷり太った大宅世継《おおやけのよつぎ》のじいさまがはじけそうな顔で笑いかけてきた。

そのとなりでやせた夏山繁樹《なつやまのしげき》が、晴明《せいめい》のほうへ顔をむけ、目をすうっと細めた。

「してわしらになにようですかな、よび出したのはそこの陰陽師《おんみょうじ》どのであろう？　これより天上世界で、大宅さまと満月をながめながら酒をのもうと思っていたところでしたのに」

「それはもうしわけございませぬ」

晴明は丁寧《ていねい》に頭をさげると、

「じつはここの皇子さまがたに、もう少し鏡の仙人のことをお教えしていただこうと思いまして」

「さようか？　だが、雲林院《うりんいん》で会ったおりに、わしらのことはすでに伝えたはずですが」

大宅のじいさまが、おれを見た。

「はい、つれづれに昔のことをお話してくださるとか」

「さようでございます」

「それだけですか？」

「はい」

今度は夏山《なつやま》のじいさまが返事をした。

「でも、晴明《せいめい》は、鏡の仙人《せんにん》はその時代のゆがみが生じたときに現れ、世直し人を探すとかもうすのだが……」

「そのとおり」

「では、その選ばれし世直し人はなにをすればよいのでしょう」

俊《とし》ちゃんがよこから口を出した。

「ほお、そちらの若さまは世直し人になられるおつもりか？」

「はい、まろが選ばれたのなら、がんばるつもりです」

「それはそれは、たのもしい」

鏡の仙人たちは楽しそうに笑った。

「されど、若さまがたは少し勘違《かんちが》いをされております。あるいは、ここにおるみなもそうかもしれませぬな。わしらはだれも世直し人に選びはしないのです」

「えっ？」

「わしらは、ただ歴史の真実を、鏡のようにありのままうつして見せるだけでございます」

「鏡ですか？」

「さよう、この年寄の話はまさに大きな時代の鏡でございますれば。それをきき、なにかを感じて、歩き出したものこそ、すなわち世直し人になるのでございますよ」

「なるほど、つまりだれもが世直し人になれるということか？」

「さようでございます」

おれは、ふたりのじいさまのほうに顔をむけた。

「仙人《せんにん》さま方は、道長公《みちながこう》のことをたいそうほめそやし、その歴史を学べとおっしゃいましたが、それはどういうことでしょう？」

「道長の入道は偉大《いだい》なお人でございますからな。尊仁《たかひと》皇子さまの時代に道長さまのような方が現れてくれたらよいと思いますぞ」

「ふむ」

「入道どのはご存じのように三男坊でございましてな。順当なら一族の長にはとてもなれなかったでしょう」

そこには人知れぬ努力と運があったという。

「成功するには、その両方が必要ですからな」

大宅《おおやけ》のじいさまにいわれて、おれの中で、なにかがことりと腑《ふ》に落ちたようだった。

あの入道も苦労をしたのだ。

「であれば、ぜひそのあたりのお話をききたい」

おれは膝《ひざ》をすすめて、お願いしてみた。

ところが……。

「いやあ、わしらは、これよりお月見をしますでな」

鏡の仙人《せんにん》たちは、平気でこちらの気をそぐようなことをいう。

「すでにうちの妻が、空の上で宴《うたげ》のしたくをして待っておろう」

「はあ？」

「でも、せっかくに若さま方がやる気をおこしてくれましたからな」

「うむ、そのお気持ちは大事にせねば」

鏡の仙人たちは、なにやらかけあい、うなずきあうと、

「ならば、いっそ、こうしましょう。この物語の中に入ってみたらいかが。さすればわしらが話

すよりも、さらにくわしく、歴史がわかるでしょうから」

鏡の仙人《せんにん》たちは、目の前にひろがる巻物を指さした。

未来のモモが、じいさまたちの話をきいて写したという巻物には、その「歴史」が閉じこめられているのだそうだ。

「物語の中に入るなんて、そんなことできるのですか？」

俊《とし》ちゃんがきいた。

「できますとも。ただし、それには、守ってもらわなければならないことがありますが……」

「歴史を変えるなということですか。さきほど晴明《せいめい》からもくぎをさされました」

「それはそうです」

ただ、時の流れというのは強いもので、多少のことはどこかでつじつま合わせをしてくれるから、よほどのことをしなければだいじょうぶだという。

「くしゃみをしてだれかを驚《おどろ》かせたところで、なにも変わりはせぬものです。それより危険なのは、ご自分に直接、お会いすることでしょう」

昔に戻《もど》るということは、おれたちの場合はまだ小さな自分に会う可能性があるっていうことだ。

「そりゃ、むこうのまろが未来のまろに会えば驚くよね、きっと」

「いや、驚《おどろ》くだけではすみません。どうなるかわかりませんぞ。そもそもこの世に、自分が同時にふたりいることはゆるされないのです」

「と、もうしますと?」

「どちらも時空を越えて、べつの時代に飛ばされてしまうでしょう。思いもかけぬような」

「それは、ほんとうですか?」

そうきいたのはモモだった。

さっきからおれのとなりで、おとなしくしていたのだ。

「飛ばされるって、でも、望むところに行けるのですか?」

「ええ、陰陽術《おんみょうじゅつ》でもつかえればね。ただ飛ばされた先では、あらたに別人として生きなければならなくなります」

「でも、偶然《ぐうぜん》にもうひとりの自分に会ってしまうこともあるでしょう。そのときは、どうすれば?」

「ともかくご自分に自分の化身であると気づかれてはなりませんぞ。知らなければ、そのへんの石と変わりありませんからな。まあ、先ほどのように、猫《ねこ》にでもおなりになっていればよろしいでしょう」

仙人たちは、おれたちが時穴《ときあな》を抜《ぬ》けたときのことをどこかで見ていたようなことをいう。きっとなにもかもお見通しなのだろう。

「また猫《ねこ》になるのか……」

なんとなくいやな気がしたが、でも、物語の中に入るってことじたいは、たしかにおもしろそうだった。入るのは、晴明《せいめい》ほどの陰陽術《おんみょうじゅつ》があれば簡単だという。鏡の仙人《せんにん》たちをよび出したのと逆をすればよいだけだったから。

「よし、ならばその『大鏡』の物語の中へ入ろう」

「『大鏡』？」

「この物語は、おれらの歴史をうつす大きな鏡なんだろう」

おれがそういうと、モモがぱちっと手をたたいた。

「『大鏡』、よいお題です。私もつれていってくださいね」

「え、モモもくるのか？　あぶなくないか？」

「……だって、楽しそうなんですもの」

さすがにひとりで未来へやってきただけはあった。モモはかわいい顔に似合わず、冒険好きらしい。

「それに尊仁《たかひと》さまたちは陰陽術《おんみょうじゅつ》もつかえないのに、どうやって戻《もど》ってくるおつもりですか……」

「たしかに」

「尊ちゃん、ほんとうに行くの？　ひどいめにあわない？」

俊《とし》ちゃんが念をおすようにいうと、モモは
「たぶんね」

と、かためをつむって見せた。

たぶんか……。しかし、真実を探ることはけっして悪いことではない。

「ぐずぐずしていると、いくじなしと思われるぞ」

と、おれがいうと、俊ちゃんもうなずいた。

「ちぇっ、わかったよ、まろはわが殿の護衛だからな。しかたない」

「で、どうすればいいのか？」

おれがきくと、床に流れるようにひろがる巻物の中に入るよう、晴明《せいめい》にいわれた。

「みなさんで手をおつなぎくださいませ。さすれば、はぐれて迷子になることはないでしょう。そして戻ってくるときはこの晴明のことを念じてください。あとのことは、モモどのが知っているはずですから」

「楽しんでおいでなされ」

大宅《おおやけ》のじいさまたちは、いつのまにか宙に浮いていた。

「ではまいりますよ」

晴明《せいめい》の声を合図に、おれとモモと俊《とし》ちゃんは輪になってたがいの手をにぎりあった。

モモの手は思いのほか柔らかく、冷たかった。

もしかして緊張《きんちょう》しているのかもと、強くにぎってやると、モモが少しにぎり返してきた。

ふいに晴明の声がするどくなった。

「カラリンチョウカラリンソワカ
時の神さまにもうしあげます。
このものたちを鏡の中に入れたまえ、はっ！」

そのときだった——。どこからかどたどたと足音がきこえ、

「わしもいくぞ」

と、声がして、なにかが、おれたちの上に飛びこんできたのだ。

貴族のなりをしたまだ若い男のようだ。
いったい何者だろう。
そう思ったとたん、とつぜんあたりが真っ暗になった。

2　飛梅《とびうめ》

あたりをうっすらとした靄《もや》が流れていた。

どこかの屋敷《やしき》の庭先のようだが、ぜんぜん知らない場所だった。梅の木が美しい花をつけている。

近くで馬のいななきのような音がきこえた。

う〜ん……。

おれのすぐわきで大きな黒猫《くろねこ》が目をまわしている。

「だいじょうぶか？」

おれがゆすると、黒猫ははっとしたようにおきあがった。

「わっ、猫がしゃべっているぞ」

「そういうあなたも猫なんですけど」

「えっ、ほんとうか……」

黒猫《くろねこ》はやけにあわてて、すぐそばの池まで走っていって、水面をのぞきこんだ。

「おお、これはいったいどうしたことか……」

「それよりあなたはだれですか?」

「わ、わしか?」

「そのお声、もしかして……藤原道長《ふじわらのみちなが》さまですよね」

そういったのは白猫に戻《もど》ったモモだった。

「さ、さようだが……。さすればおまえたちは、さきほど晴明《せいめい》の屋敷《やしき》におった猫、いや子どもたちか?」

「そうだよ。でも、なして道長さまが?」

モモの隣《となり》で、ぶち猫の俊《とし》ちゃんがきいている。

「花山《かざん》法皇のもとに出かけようとしたはいいが、晴明にきき忘《わす》れたことがあってな、戻ったのだよ。するとあの奇妙《きみょう》な老人たちがおって、なにやら騒《さわ》がしいではないか」

で、それをこっそりきいていたという。

黒猫の道長は、今は二十一歳。もちろん結婚もしていて、子どももいるという。

それにしても、道長は、血筋でいえば、おれにとっては曾祖父《そうそふ》にあたるのだが、それより憎《にく》き

天敵の関白頼通《よりみち》の父親という印象のほうが強い。

それでどう接していいやら、じつのところわからなかったのだ。

だが、そんなおれには無頓着《むとんちゃく》に、道長《みちなが》は快活に話しかけてきた。

猫《ねこ》の姿《すがた》をしているのは、魔除《まよ》けと、いろんなところに出入りしても人目につかないからだとモモにきいて、

「なるほど、なるほど」

と、うなずいたりしている。

「いやあ、それにしても驚《おどろ》いた。わしは今、この国の歴史のことを記した『大鏡』の物語の中にいるのか？　いやあ、物語の中に入りこむなんて、こんなことがほんとうにあるのだなあ。さすがは天才・陰陽師《おんみょうじ》、安倍晴明《あべのせいめい》の呪術《じゅじゅつ》だけある」

「はい、お師匠《ししょう》さまの力は天下一でございましょう」

と、モモが答えた。

「いや、わしが晴明にきこうと思ったのは、まさにその仙人《せんにん》たちのことだったのだ」

道長は花山《かざん》法皇が、先日、鏡の仙人に出会ったという話をしていたのを思い出し、家臣たちを帰して、ひとりその老人たちについてたずねてみようと戻《もど》ってきたのだという。

「すると、まさにそこにとうの仙人《せんにん》たちがいるではないか」

それで、ようすをうかがっているうちに事の次第がなんとなくわかったらしい。

おれは、花山《かざん》天皇いや出家して法皇になられたあとのことだろうが、仙人たちに会っていたということじたいに興味を覚えた。

しかし花山法皇は、道兼《みちかね》の裏切りも、その父の兼家《かねいえ》の陰謀《いんぼう》も知りながら、処罰《しょばつ》しなかった。

「それは、なぜでしょうか？」

と、道長《みちなが》にきいてみた。

「うむ……。わしにもよくわからんのだ。法皇さまは、あれこれ細かなところまで気を配るお方だからな。あるいはこの国にとってなにがよいのかを考えられ、わが藤原《ふじわら》一族を敵に回すのを避《さ》けたのかもしれん。まことにもうしわけないことだ」

「道長さまはどうするおつもりで？」

「どうするとは？」

そうきき返されて、答えられずにこまっていると、

「おぬしが、未来のわしの曾孫《ひまご》の尊仁《たかひと》親王かの」

「え、そうだけど」

「わしは誠心誠意、天皇家におつかえするのみ。違《ちが》うか?」

「あ……」

「それより親王よ、せっかく物語の中に入ったのだ。もう少し調べてみようではないか」

この黒猫《くろねこ》の道長《みちなが》は、晴明《せいめい》の屋敷《やしき》でおれたちの話をきいて、こちらの素性を知ったらしい。

ただ、そのわずかな時間に、なにがおきているのかを理解し、それを受け入れてしまったのは驚《おどろ》きだった。

なんともおおらかというか……。

それに、おれたちが『大鏡』の物語の中に入っていくのを見て、飛び入りをしたところを見ると好奇《こうき》心いっぱいの子どももみたいな人だった。

そんなことを思っていると、道長はモモのほうへ顔をむけた。

「で、モモどの、お父上はお元気か?」

「お父さまのことをご存じで」

「あたりまえだ。花山《かざん》天皇の先生だったお方だ。わしも天皇が皇太子だった頃《ころ》、机をならべて習った口だ。もっとも先生のところにおった小さな姫《ひめ》が、あのような美しい娘になっていてさっきは驚いたぞ」

「まあ……」

白猫《しろねこ》になったモモでも、顔を赤らめたのがわかった。

「それで、モモどの、わしらは今、どこにおる?」

「菅原道真《すがわらのみちざね》さまのお屋敷《やしき》です」

おれや道長《みちなが》は、『大鏡』の物語に飛びこんで、しばらく気を失っていたらしいが、モモはすでにあたりを見てきたようだ。

黒猫がほおっと声をあげた。

「あの北野天満宮の道真公か?」

「はい。まさに旅支度《たびじたく》をされて、主の道真さまがこれからお出かけになるところ。行き先は大宰府《だざいふ》だとさっき従者《じゅうしゃ》がこぼしていました」

菅原道真公といえば、学問の神さまとして知られたお方だった。

おれたちの時代よりは百五十年ほど昔の人だった。

もとは中級貴族の出ながら、若いときから学問と政治の両方で活躍《かつやく》して、ついには右大臣にまでのぼりつめたという。その足跡《あしあと》は、平安の都でもずっと語り継《つ》がれてきた。

ただ生涯《しょうがい》は、けっして幸せではなかったと伝えられている。

というのも、ときの宇多《うだ》天皇の信任を得て、政治に腕《うで》をふるったけれど、そのあとを継《つ》いだ醍《だい》醐《ご》天皇のときに罪を得て失脚《しっきゃく》し、都を追われ、大宰府《だざいふ》に送られたからだ。

役職は大宰権帥《だざいのごんのそち》という。これは長官代理みたいな立場だけれど、都の大臣が罪を受けて、いわば罰《ばつ》として左遷《させん》される役職としても知られていた。

と、そのとき従者《じゅうしゃ》にひかれて、一頭の白馬が庭先に出てきた。

「よし、そこの草むらのうしろに庭石がある。あそこにかくれよう。そこのでぶちも、ちゃんと尻《しり》をかくせよ」

黒猫《くろねこ》にいわれて、ぶち猫の俊《とし》ちゃんはおれのほうを見て、こっそり文句をたれた。

「なんだよ、このおっさん、ちょっとばかり年上だからっていばってやがる」

○

ざっざっと足音が続き、家族らしい一団が姿《すがた》を見せた。

そのうしろから、家来たちにかしずかれて、うつむきがちに歩いてくる壮年《そうねん》の男こそが菅原道真《すがわらのみちざね》だった。

足ごしらえをしっかりした旅姿《たびすがた》だが、ついこのまえまで右大臣を務《つと》めていたとは思えないほどの質素な身なりだった。

罪を得て大臣の座を追われ、家族をつれて大宰府《だざいふ》へと赴《おもむ》かなければならない。そのことを恥《は》じて、華美《かび》な装束《しょうぞく》を慎《つつし》んだというわけではなかった。質素倹約は常日頃《ひごろ》からのものだった。

「お父さま、お父さま」

幼い姫《ひめ》たちも玄関から飛び出してきて、道真《みちざね》の足もとにまとわりつく。みな同じような旅ごしらえなのがかわいらしい。

「筑紫《つくし》の大宰府というのはどんなところなのでしょうね」

「遠いが、景色の美しいところだそうだ。食べ物もおいしいときく」

「こちらにはいつ戻《もど》ってこられますか?」

「さて、いつ頃《ごろ》になるかのう」

「兄上さまたちとはむこうでお会いできるのですか?」

なにも知らずに首をかしげる姫を見て、屋敷《やしき》に残る女官《にょかん》たちは涙《なみだ》をこらえきれずに嗚咽《おえつ》をこぼした。

道真《みちざね》の年かさの息子たちはみな流刑されたり、遠くへ左遷《させん》されたりしていたのだ。

「みなも、すまぬが留守をたのむ」

「でもいったいどうしてこのようなことに？　あなたさまは帝になにをなさったというのでしょう」

女官頭《にょかんがしら》は、袖《そで》で顔をかくし泣きながら訴《うった》えた。

「なにもしておらん。ただ三女の寧子《ねいし》を宇多《うだ》法皇さまにのぞまれ、帝の一つ下の弟皇子・斉世《ときよ》親王の妃《きさき》にしていただいたことが、どうもあだになったようだ」

「あだともうしますと？」

「醍醐《だいご》天皇さまは、私が斉世親王さまをつぎの帝、つまり皇太弟にし、後見になろうと図ったとのお疑いなのだ」

「まさかに、あなたさまがそのような……」

「ばかばかしい。左大臣の藤原時平《ふじわらのときひら》さまが、皇太子として、陽成《ようぜい》天皇のお孫さまの元良《もとよし》親王をとのぞまれたときに、宇多法皇さまと一緒《いっしょ》に強く反対したことが、醍醐天皇さまの思わぬ誤解《ごかい》を生んだかもしれぬ」

陽成天皇は宇多法皇の二代前の帝だが、血統としては宇多法皇の甥《おい》にあたる。

その孫の元良《もとよし》親王は十歳になったばかり。

「醍醐《だいご》天皇さまはただいま十六歳。いたって壮健《そうけん》でおられるから、いずれ男の子も生まれよう。だいいち帝になられたばかりではないか。それなのに元良親王に近いうちに位をゆずるおつもりらしいときいて、おとめしたのだ」

幼い帝を立てて、その後見人の摂政《せっしょう》として政治を動かしたいとする藤原時平《ふじわらのときひら》たちの陰謀《いんぼう》に違《ちが》いないと、宇多《うだ》法皇はにらみ、道真《みちざね》に相談して強く反対したのだ。

宇多法皇は、帝が自ら先頭に立ち、それを左大臣や右大臣をはじめとした大臣たちが補佐しながら国を治めていくのが本来の姿《すがた》だと考え、実践《じっせん》してきた方だった。

自分が政治の中心にすわるために、元気な天皇を遠ざけて、いたずらに幼い帝を立てるというのは家臣としてはいかがなものかと、そんな宇多法皇のもとで力をそそいできた道真は以前から時平たちのことを苦々しく思っていた。

その自分がこのように疑われるとは……。

道真は胸《むね》が痛かった。

「宇多法皇さまもこれはなにかの間違い。いずれ醍醐天皇さまも気づかれ、すぐにゆるされるはずだとおっしゃってくれておる。しばらくの辛抱《しんぼう》と思って、そちたちも気を落とさずに心強く生きよ」

そうはいったものの、宇多法皇《うだ》が面会を求めても、醍醐《だいご》天皇は会おうとしないという。道真《みちざね》は、心のどこかで今回のきびしい沙汰《さた》から、そう簡単には戻《もど》ってこられないような気がしていた。

宇多法皇がまだ天皇としてご在位のときには、身分よりも人材を登用し、若くても優秀《ゆうしゅう》であればどんどん取り立て、寛平《かんぴょう》の治《ち》とよばれる善政《ぜんせい》をひいた。莫大《ばくだい》な費用のかかる遣唐使《けんとうし》をやめたり、役人を地方に派遣して民の様子を調べ、国史も編纂《へんさん》した。

わしはいつもその中心にいて、うしろを見ることなく走り続けてきた気がする……。道真はそう思うのだった。

今回の醍醐天皇の自分へのお怒《いか》りは、だれかに讒言《ざんげん》されたものだと耳に入ってきている。だが、自分のことを陥《おとし》れようとするものがいるなど、信じられなかった。

いったいだれが……?

ふと目を上げると、梅の花が満開だった。

道真が手ずから丹精《たんせい》をこめて大切に育てていた木だった。

この花を、つぎに、この目で見ることができるのはいったいいつのことだろう。

そう思うと、自然に歌が口からこぼれ出た。

東風《こち》ふかば　にほひおこせよ　梅の花
あるじなしとて　春を忘るな

「梅の花よ、春になり東風がふいたなら、西の大宰府《だざいふ》に流される私のもとまで、この香りを届《とど》けておくれ。このあるじが都にいないからといって、ゆめゆめ春を忘れて花を咲かせないようなことがないように」という意味の和歌だ。

道真《みちざね》はもう一度梅の木にそっと触《ふ》れ、唇《くちびる》をぐっとかみしめると、家臣たちへうなずいてみせた。

「では出発だ。日が昇るまえに都を出ねばならぬぞ」

そのときしんみりとうつむいていた道真の姫《ひめ》のひとりが、庭石のうしろにひそむ太った猫《ねこ》を見つけて、

「あら猫、あんなところにほかにも三匹も。いったいどこから迷いこんだのでしょう」

旅立ちを見送りにきてくれたのかと、うなずきあい、なにかにすくわれたように笑みをこぼしたのだった。

○

道真《みちざね》の姫《ひめ》たちに見つけられ追いかけまわされてやっとの思いで、裏口へ逃《に》げてきた俊《とし》ちゃんが息をきらせながらいった。

「なんで、まろたち猫《ねこ》にならなきゃいけなかったの？　人目につかないなんて嘘《うそ》じゃないか」

「それは俊房《としふさ》さまがちゃんとかくれていなかったからです」

「そうかなあ」

「まあ、でも猫でよかったのですよ。人の姿《すがた》で見とがめられたら、それこそもっと大変でしょう」

モモがいうと道長も笑った。

「それにしても学問の神さまをこの目で見るとはなあ。ナゴナゴニャー。遠くからでよいから、おまえたちもとりあえず拝《おが》んでおけよ」

ナゴナゴって……。

道長《みちなが》は、すっかり黒猫が板についたようだった。

「とりあえず拝むなんていっていると、むしろ罰《ばち》があたるのでは？　道長さま」

モモにいわれて、道長《みちなが》はふりむいた。

「え、そうなのか?」

「だって、道真公《みちざね》といえば、学問の神さまにおなりになって、みんなに慕《した》われたお方ですけど、いざとなれば鬼《おに》にもなる方でしょう」

「ああ、そうか天神さまだ」

俊《とし》ちゃんが声を上げた。

大宰府《だざいふ》に流された道真は自分を陥《おとしい》れたのが、左大臣の藤原時平《ふじわらのときひら》とその仲間たちと知り、怒《いか》りのうちに亡《な》くなったという。

時平は自分の妹を醍醐《だいご》天皇と結婚させ、生まれた子を帝にして摂政《せっしょう》になろうと考えていたらしい。ところが、道真の死後、それから都では変事が多くおこるのである。

時平と一緒《いっしょ》に嘘《うそ》をついて道真を陥れたとされる人びとが、雷《かみなり》に打たれて亡くなり、その後は、時平自身がとつぜんに病死してしまう。

そのときは道真の亡霊《ぼうれい》でも見ているのか、時平公はうわごとのようにあやまり続けていたなどとうわさされたそうだ。

そして醍醐天皇の皇子で、時平に関係のある者たちもあいついで亡くなってしまうなどの不幸が続いた。さらに天変地異が何度もおきて、ついには醍醐《だいご》天皇がいた御所の清涼殿《せいりょうでん》に雷《かみなり》が落ち、燃えてしまうのだ。

これはきっと無実の罪で都を追われた道真公《みちざね》が怒《いか》りのあまり、死して雷神《らいじん》になったせいだと都じゅうの人びとがおそれおののき、なんとか怒りをといてもらおうと、大宰府《だざいふ》の屋敷跡《やしきあと》にその御《み》霊《たま》をまつった神社をたてた。

それが太宰府天満宮だった。

以来、いつしか怨霊騒《おんりょうさわ》ぎはしずまり、今は優《すぐ》れた詩人で学者であり、政治家であった道真にあやかろうと信仰《しんこう》の対象にもなっているのだった。

「それにしてもさっきの梅が飛梅《とびうめ》になったの？」

と、おれがきくと、モモはうなずいた。

「ええ、そうみたい」

道真は、多くの人たちに慕《した》われ、都から大宰府に流されたときはみなが悲しんだといわれる。その嘆《なげ》きは人だけではなく、庭の木々も悲しんで、主が去ったあと、まもなく枯《か》れてしまったそうだ。ただ、松の木と梅の木だけは、主のあとを追って空を飛んでいったのだ。松は途中で力尽き、落ちてしまったけれど、梅だけは飛び続け、ついには道真のもとへたどりつくことができたという。

これが有名な道真《みちざね》の飛梅《とびうめ》伝説だった。

その梅は今も、道真公の屋敷《やしき》だった太宰府《だざいふ》天満宮にある。

○

「道真公の怨霊《おんりょう》からか、それで時平《ときひら》さまの一門は、ついに絶えてしまい、藤原《ふじわら》家の嫡流《ちゃくりゅう》は、道真公と親しかった弟の忠平《ただひら》さまに移っていくのだよ」

黒猫《くろねこ》の道長《みちなが》はさすがにこのあたりの知識はあった。

「悪いことはできないということだね」

俊《とし》ちゃんにいわれて、おれもうなずいた。

「自分が権力をにぎりたいからって、やはり専横はゆるされないんだよ」

おれがいうと、モモは、首をかしげた。

「でもねえ、時平さまって、そんなにひどい人だったようには思えないのですよ」

「どうして……?」

「私のお父さまがこんなことを話していたのよね。時平公はじつはすぐれた大和魂《やまとだましい》の持ち主だったって」

モモの父親は学者で、古今の歴史にもくわしかったのだ。

「大和魂？」

「ええ、つぎの部屋に行ってみませんか？」

この『大鏡』の物語の中では、垣根《かきね》やふすまでそれぞれの「時」が仕切られているのだった。

いわれて、垣根を開けると、そこは庭ではなく、部屋、それもおれも見覚えのある宮中の清涼《せいりょう》殿《でん》だった。

清涼殿とは、帝が政治の会議をするところだ。

ただ兄の後冷泉《ごれいぜい》天皇が政務《せいむ》につかっている部屋とは少し様子が違《ちが》っているから、どうやら、道《みち》真《ざね》公の雷神《らいじん》によって燃える前のものらしい。

季節は、いつのまにか移り夏になっていた。

当番の蔵人《くろうど》につれられ、時平公が廊下を歩いてくる。

おれたちは、高い床下にかけこんで、頭だけ出してそっと中をうかがった。

○

「これはこれは時平《ときひら》さま、きょうはまたまことにきらびやかな衣装《いしょう》をおまといで」

内大臣の声に、時平はやわらかく笑うと、

「いや、この頃《ごろ》おもしろいことが少なくなって、どうもくさくさすることが多いですから、たまには贅沢《ぜいたく》をして楽しもうと思いましてな。この着物はとくに命じて作らせましたが、いかがでしょう」

「左大臣さまは立ち振る舞《ま》いも美しい方だからなにを着られてもお似合いですが、このようないでたちをされたら姫《ひめ》たちもいっそう騒《さわ》ぎましょうな」

「なにをまたおっしゃる」

時平はさわやかな笑顔のまま、手を軽くふって殿上《てんじょう》の間にあがると、優雅《ゆうが》なしぐさですわった。

それを奥の小部屋からのぞいていた醍醐《だいご》天皇が、眉《まゆ》をひそめて、舌打ちをするのをおつきのものが気がつき、

「いかがされました？」

「左大臣だよ。あの姿《すがた》を見たか？　今は民も困窮《こんきゅう》し、苦しんでおる。そんなこともおかまいなく

貴族たちは贅沢三昧《ぜいたくざんまい》の暮《く》らしをしているのは問題だと、私が先日、身の程をわきまえよと命じたのをなんとこころえるか」

左大臣といえば、政治の頂点に立つ立場だ。

率先して貴族の手本を示さなければならないというのに、なんということだろう。

「ゆるせん。あのような姿《すがた》でよく私の前に出れたものよ。だれかいって即刻退出するよう伝えよ」

醍醐《だいご》天皇のいつにもましてのきびしい口調に、蔵人《くろうど》は転がるように走り出たが、相手は、飛ぶ鳥を落とす勢いの若き左大臣だ。

これは怒《いか》らせ、かえってお叱《しか》りをうけ、この身や一族のものに害がおよぶかもしれない。

でも、帝の言葉は絶対だった。

ああ、どうしようと思い、心配しながら青い顔をして、

「おそれながら左大臣さま、帝がその美しいお召し物をご覧《らん》になり、なんともうしてよいか……。先日のお沙汰《さた》のことを口にされて、出直すようにと……」

それをきいて、けれども時平《ときひら》は端正な顔をくもらせ、その場にひれ伏したのだ。

「ああ、これは、まことにもうしわけございません。なんという失態。民を思う帝のお心をないがしろにするとは……。この時平、即刻退散し、帝のきびしいお沙汰をお待ちもうします」

床に頭をこすりつけ、ひたすらあやまると、すぐに立ち上がり、ほかの大臣たちがいったいなにごとだと呆然《ぼうぜん》とする中を出て行ったのだ。

○

「なんだかすごいあわてようだったね。帝のお怒《いか》りをこうむっては、さすがの左大臣もかたなしというところだ」

俊《とし》ちゃんがくっくっくっくと笑った。

「私のお父さまの話では、時平《ときひら》さまは、このあと一か月も門を閉ざし、ひたすら謹慎《きんしん》されていたそうです」

「そんなに？　たかが着るものぐらいで、びくつくなんてよほど気が小さいんだな」

と、おれがいうと、モモがためいきをついた。

「やれやれ、この皇子さまもわからないのかしらね」

「なにが？」

「時平さまのお心よ」

「はっ？」

「帝の信任を一身に受けた左大臣の時平《ときひら》さまでさえ、帝のお沙汰《さた》には逆らえない。そう知って、貴族たちの贅沢《ぜいたく》な暮《く》らしはいっぺんにおさまったそうですよ」

「なるほど」と、黒猫《くろねこ》の道長《みちなが》がうなずいた。

「でも、お父さまは、時平さまがわざとそうしたような気がするとおっしゃいました」

「わざと？」

「そうよ、だって時平さまは帝のそばにずっとおつかえしていて、どんなことを感じておられるか知っているはずでしょう。俊房《としふさ》さまだって、いつも一緒《いっしょ》だし、尊仁《たかひと》親王さまのお考えになられることは予想がつくはずだもの」

「ああ、まあね。尊ちゃんはこう見えて、兄の帝のことを大切にしていることや、母上さまをはじめ姉さまたちのことも考えているからね」

俊ちゃんにぬけぬけといわれ、おれは「ばか」といいながら顔が赤くなった。

でも、たしかにモモのいうとおりかもしれなかった。

あえて自分が罪をかぶって、謹慎《きんしん》することで、帝を立てたのだ。

「それこそ名臣の姿《すがた》だ。大和魂《やまとだましい》か……。おぬしたちこの大和魂の意味を知っておるか？」

道長《みちなが》はおれたちにきいた。

「さあ?」

「だいじなものを守るためには、いざとなれば自分の名誉《めいよ》や立場を捨てることができる。われら大和《やまと》の国(日本)の人間が培《つちか》ってきた美徳だ」

時平《ときひら》公とは、そんな心の持ち主だったのか……。

「では道真《みちざね》公を陥《おとしい》れたのは……」

「もしかしたら、ご自分が権力を得ようとすることが目的でなかったのでは?」

と、モモがいった。

「それはなに?」

「道真公がおつかえしていた宇多《うだ》法皇と、時平公がおつかえしていた醍醐《だいご》天皇はもともとご意見があわなかったそうだから、もしかしたらべつの理由があったのかもって」

べつの理由……。時平公は、自分の栄華《えいが》を夢見て、無実の罪で陥れた道真公の怨霊《おんりょう》に取り殺された人ではなかったのか……。

ものごとは片側からだけでは見てはいけないということだろうか。

3　髪《かみ》長《なが》姫《ひめ》

つぎの部屋は、ふたたび春だった。

近くで咲いているのだろう、桜の花びらがひらひらと舞《ま》っている。

それを目で追ってると、ふいにすぐうしろでやわらかな女の子の声がした。

「あら、見慣れない猫《ねこ》ちゃんたちね」

ふりむいて、思わずおれは、ほおと息をもらした。

そこには目もさめるような美しい姫がすわっていたからだ。

くっきりした目鼻立ちながら、目じりがすこしばかりさがりぎみなところがなんともかわいらしい。歳の頃《ころ》はおれたちと同じぐらいか。

「おいで」

と、ほっそりしたゆびをおれたちの前に差し出す。

でへへへと、しまりのない笑い声をたて、真っ先にあしもとにすりよっていくのは俊《とし》ちゃんだ。

でも、ひょいと胸《むね》に抱かれたのは、おれのほう。

姫《ひめ》からは、なんともいえないほのかな甘《あま》いにおいがして、ついぼおっとしてしまう。

「おや猫《ねこ》ですか、芳子《ほうし》さま。そのような汚《きたな》いものをだいたりしたら、お召し物が汚《よご》れてしまいますよ」

廊下に現れた女官《にょかん》がとがった声を出した。

「あら、ごめんなさい。でも、そこの庭先に四匹でならんですわっていて、すごくかわいらしいの。見てごらんなさいな。どこから迷いこんできたのかしらね。なにかあげるものはありませんか？」

「まあ、そんなエサなどあげたら、いついてしまうかもしれないじゃないですか？」

「だめなのですか？」

「こちらには帝が渡られるのですよ。おいでになったときノミでもうつされたらこまるでしょう。だれかに命じて始末させましょう」

始末……？　どきりとすると、

「そんなかわいそうな……。でも、あなたのいうとおりね。では、私が出ていくよう、ちゃんといいきかせますから」

姫《ひめ》はそういって、おれを地面にさっとおろし、一度頭をなでてくれたあと、

「さあ、むこうにおゆき。こちらにきてはいけませんよ」

といった。

その横顔がどうにもはかなげで、またしてもどきりとする。

芳子《ほうし》さまは、村上《むらかみ》天皇のまだうら若い側室だった。

そのあまりの可憐《かれん》さに、立ち去りがたくてすわりこむと、おれの腹にモモが頭突きをして、「行くわよ」とうながしたから、しぶしぶ歩き出した。

すると、うしろで、俊《とし》ちゃんのためいきがきこえた。

「わあ、きれいな髪《かみ》だなあ」

ふりむくと、芳子さまが部屋に戻《もど》っていくところだった。

非の打ちどころのないつややかで真っ黒な髪だった。

しかもさらさらと床にこぼれた髪は、からだが部屋の中に消えたというのに、まだ廊下のはじに残っているというぐらいに長いのだ。

貴族の姫は、髪が黒く、しかも長いのが美しさの証にもなる。

けれども、こんなに豊かで長い黒髪の持ち主は、あまり見たことがなかった。

しかも顔もとびきりにかわいいときている。

「なによ、尊仁《たかひと》親王さまたちったら、いつまでも見惚《みほ》れて」

モモが不機嫌《ふきげん》そうな声を出した。

「しかし、かわいい姫《ひめ》さまだのう。それによいにおいもする」

黒猫《くろねこ》の道長《みちなが》も、廊下にしがみついて、部屋に消えていった芳子《ほうし》姫を名残惜《なごりお》しげに見送っているのだった。

「道長さままで……あきれた。殿方は、みなああいう方が好みなの？」

「え、どうだろう。でもなんとなく同情するなあ」

おれがいうと、道長もうなずいた。

「まったく」

「え、どうして？」

「だって、なにかあまり幸せでなさそうで、どこかかわいそうな感じがする」

おれの言葉に、

「うん、だよな」

と俊《とし》ちゃんもうなずいた。

「……なるほど、殿方は、ああいう少し気が弱そうな子がいいのか……。守ってあげたいって思うわけですね」

「えっ？」

「でも、甘《あま》い。あの姫《ひめ》さまはそんなに弱虫じゃありませんよ」

「どうして？」

「だって、あの意地悪そうな女官《にょかん》に対する毅然《きぜん》とした態度。たぶんすごく頭のよい方なのでしょう。姫さまはこの宮廷においでになって日が浅いと思うけど、奥で女官に逆らえば、なにかと気まずくなるもの。そこをうまくあしらいながら、それでいて自分の意思をはっきり伝えるなんてただものじゃないわ」

「へえ〜」

「なんですか？」

「モモってすげえな。たったあれだけの会話でそこまでわかるものなの？」

「まあね……でも、芳子《ほうし》さまといえば、宮廷一の美貌《びぼう》の持ち主でしかも、聡明《そうめい》で有名なお方でしたから」

「ああ、あれが美人で有名な髪長《かみなが》姫か」

道長《みちなが》がうなずいた。

帝は多くの妻を持つ。ただし正妃《せいひ》は、皇后《こうごう》もしくは中宮《ちゅうぐう》とよばれ、それ以外の側室は女御《にょうご》や更《こう》衣《い》とよばれて区別をされていた。女御は、皇族・大臣家の娘で、ついでそれより低い身分の大中《だいちゅう》納言《なごん》・参議の娘は更衣となるが、更衣から女御に格上げされることもある。

おれたちが今、会った芳子姫《ほうしひめ》は、当時、父親の藤原師尹《ふじわらのもろただ》公はまだ中納言の立場だったので、立場は更衣だったはずだとモモが教えてくれた。

それが時の村上《むらかみ》天皇のご寵愛《ちょうあい》を一身に受けて、女御へと格上げされたのだそうだ。

「……それにしてもあの姫が、もう結婚《けっこん》しているなんてなあ？　まだ少女みたいだったじゃないか。たぶん、歳だっておれたちとそう変わらんぞ」

「なにいっているの。尊《たか》ちゃんだってもうじき妃《きさき》をもらうくせに」

俊《とし》ちゃんにいわれて、

「お、尊仁《たかひと》親王はもう妃をもらうのか」

道長にきかれて、

「皇太弟に選ばれ、元服したからね」

「なるほど……それで、どんな女子だ。美人か？」

「まだ会ったことはないけど、茂子《しげこ》っていう姫《ひめ》だよ。こういう情報にはくわしい俊《とし》ちゃんがうわさにもきかないっていうから、たいしたことはなかろう。まして今の芳子《ほうし》さまみたいな方を見てしまうとね」

「なによ、かわいいかもしれないでしょ」

モモがなぜか怒《おこ》ったようにいう。

「まあね。でも、顔だちは二の次かな。いずれ兄に子ができたら、東宮《とうぐう》の立場を追われる身だ。そんなおれでも、妃《きさき》になってよいといってくれただけでうれしいんだ」

「ふうん、じゃあ大事にすることね」

「それは茂子がどんな姫かによるかな。大切なのは心根だもんな。ただ、心根って顔に出るっていうだろ。さっきの芳子さまも、聡明《そうめい》で優《やさ》しい方だと思うし」

「尊仁親王《たかひとしんのう》さまって、たよりなさそうでいてあれこれ考えているのね」

「考えないと生きていけない立場だったからな、ずっと」

父の後朱雀《ごすざく》天皇が存命なときから、皇太子として育てられた兄と違《ちが》って、おれはその兄に家臣としてつかえることになると思いこんでいたのだ。

それが、父が急な病で倒《たお》れ、兄が即位した。そのとき兄に子がいれば、おれが皇太弟になることもなかったはずだ。

「たしかに。尊《たか》ちゃんは、こう見えて、あれこれけっこう気をつかうんだよな」

と、俊《とし》ちゃんが笑った。

「そうなの？」

モモがおれの顔を見る。

「さあね」

「ほら、勝手気ままにしているように見えて、じつはあれこれ気配りするじゃないか。まんじゅうひとつしかなかったら、半分にわけてくれるし」

「はあ？　それはふつうじゃないの？」

モモがよくわかんないという顔をすると、

「まろなら、なかったことにして、ひとりで食っちゃうからね」

俊ちゃんがいって、道長《みちなが》は、わははと笑った。

「それは俊房《としふさ》さまのほうが問題ね。それより芳子《ほうし》さまのことよ。心根が顔に出るっていうなら、もう少し見てみましょう。あの姫《ひめ》がどんな子なのかわかるはずだから」

○

そこは、帝の住む内裏《だいり》の奥だった。

庭先の植木の根元にひそむおれたちのそばを、女官《にょかん》たちがやかましく騒《さわ》ぎながら通り過ぎていく。

「いったいだれなのかしら？　芳子姫《ほうしひめ》が『古今和歌集』をすべて暗記なさってるなんて、帝にお教えしたのは」

「それで、帝がおもしろがって試験をなさるっていうんでしょ。ほんと、おかわいそうね。いくら賢《かしこ》いと評判の姫でも、さすがにそれは無理でしょう。姫もとんだ災難《さいなん》ね」

女官たちは、口では同情しつつも、くすくす笑いながらそういいあっているところを見ると、芳子姫のことを心配しているわけではなさそうだった。むしろさてどうなるか、わくわくしながら、ちょっぴり意地悪な気持ちでことのしだいを見てやろうという魂胆《こんたん》らしい。

……まったく女って怖《こわ》い。

『古今和歌集』は、あの道真《みちざね》公のときに出てきた醍醐《だいご》天皇が、紀貫之《きのつらゆき》たちに命じて、『万葉集《まんようしゅう》』に載《の》っていない歌を、古代からこれまでをあたり撰《えら》んで編集したものだった。

『古今和歌集』といえば、全二十巻、おさめられている歌は千を超すといわれている。

それにしてもその暗唱の試験とは……？

女官《にょかん》たちがかしましくいうのもわかるが、かなりたいへんそうだ。

広間の窓《まど》が開け放たれ、芳子姫《ほうしひめ》や女官たちにかこまれひとりだけ奥にすわっている男が村上天《むらかみてん》皇だろう。

村上天皇も、目もとのすずやかな貴公子だが、笑みをたたえたくちびるが薄《うす》く、それが、少し冷淡《れいたん》そうに見えた。

「芳子や、女官たちが証人になるというから、そちの聡明《そうめい》なところを見せてやってくれ。むろん千以上もの和歌をすべてそらんじろとはいわん。私が上の句をいうから、下の句だけでも吟《ぎん》じてみせよ」

「はい」

芳子姫はこまったような顔でうなずいてみせた。

「ところで、そちの父上の中納言のもとに知らせがいっているそうじゃ。中納言がじきじきにそちに『古今和歌集』を教えたというが、今頃《いまごろ》は、仏間でそちのことをけんめいに祈っていることだろう」

「まあ、父上さまが……」

芳子姫《ほうしひめ》は、手で口を軽くおさえると、

「もしも私が言葉につまりましたら、父上にお咎《とが》めがあるのでしょうか？」

「心配はいらぬ。これは遊びじゃ。ただ、そうさな、なにも賭《か》けないのもつまらん。もし、そちがみごとにやりとげたなら、父上に『古今和歌集』の写しをあらためて作って贈《おく》ってやろう。されどしくじれば、そちがみなの前で、私にその頭をさげよ。どうじゃ」

「はい、帝のおっしゃるとおりにいたします」

芳子は明るく答えた。

「ほお、かわいい顔をしていいよるわ。自信がありそうだな」

「いいえ、めっそうもございません。ただ、父のためにも精一杯に思い出してみます」

「よし、よい心がけじゃ」

村上《むらかみ》天皇は、そういうとそばにいた女官《にょかん》から、『古今和歌集』の巻物を受け取り、ろうろうとよみあげた。

「序文のうち仮名で書かれたもののほうじゃ。書いたのはだれじゃ」

「はい、紀貫之《きのつらゆき》さま」

うむと、天皇はうなずくと、
「よし、では、上の句をよむ」
やまとうたは、人の心を種として、万《よろず》の言《こと》の葉とぞなれりける
世の中にある人、ことわざ繁《しげ》きものなれば、心に思ふ事を、
見るもの聞くものにつけて、言ひ出せるなり
「和歌は、人の心を種として、多くの言葉となったもの。この世に生きていれば、人の身の上にはなにかと起きる。そんなとき心に思ったことや、見聞きしたものを、おりにふれて、和歌としていい表したのだ」という意味のまえがきだった。
「その続きを、まずはそちがそらんじてみせろ」
「はい」
芳子姫《ほうしひめ》は、小さく息を吸うと、つっと背筋《せすじ》を伸ばし、かろやかに声を発した。

花に鳴く鶯《うぐいす》、水に住む蛙《かわず》の声を聞けば、
生きとし生けるもの、いづれか歌をよまざりける
力をも入れずして天地を動かし、目に見えぬ鬼神《おにがみ》をも
あはれと思はせ、男女のなかをもやはらげ、
猛《たけ》き武士の心をも慰《なぐさ》むるは、歌なり

「花に鳴く鶯、水に住む蛙の声をきけば、この世の生き物というもの歌をよまないものなどおりましょうか。なんの力も入れずして天地を動かし、目に見えない鬼や神の心を動かし、男女の仲も和らげ、猛々しい武士の心を慰めるのは、和歌なのです」と続くのだ。

これを皮切りに、帝が出す上の句に、芳子姫《ほうしひめ》が下の句をつぎつぎと答えていく。

「花の色は　うつりにけりな　いたづらに～」
と小野小町《おののこまち》の歌を問われれば、下の句の
「わが身世《みよ》にふる　ながめせしまに」

「天の原　ふりさけみれば　春日なる～」

と、問われれば、

「三笠《みかさ》の山に　出し月かも。これは唐《とう》の国へ渡られた阿倍仲麻呂《あべのなかまろ》さまのお歌でございます」

「ひさかたの　ひかりのどけき　春の日に～。紀友則《きのとものり》のこの歌はどうじゃ」

「しづ心なく　花の散るらむ。こんなにも光のおだやかな春の日なのに、どうして桜の花だけは散ってしまうのでしょうと歌ったもの。私の好きな和歌でございます」

芳子姫《ほうしひめ》は目もとをほころばせて、うれしそうに答えるのだった。


こうして村上《むらかみ》天皇が選んだ数十の和歌を一度もつまることなく、すらすらと答えながら、少しも偉《えら》ぶらない芳子姫に、女官《にょかん》たちも感嘆《かんたん》の声をあげた。

ついには村上天皇も笑うしかなかった。

「いやあ、まいった。そちを一度、こまらせてみたいと思ったがしくじった。ゆるせ」

「どうしてそのようなことをおっしゃるのですか？　帝は私がお嫌《きら》いなのですか？」

芳子姫は、そのときはじめて悲しそうな顔をした。

桃《もも》のようなほおに涙《なみだ》がつうっと伝わるのを見て、村上《むらかみ》天皇はあわてたように、

「泣くではない。私はそちが愛おしくてならぬのじゃ。もうこのようないたずらはしないから、ゆるしてくれ」

「まことですか？」

芳子姫《ほうしひめ》がきき返すと、天皇はうなずいた。

「うむ」

○

なんという可憐《かれん》な姫だろう。そう思っておれはもらい泣きしそうになった。

するとそばでモモが、「なるほど」とうなずいている。

「どうしたの？」

「ううん、男の人って、かわいい女の子がいるとああやっていじめたくなるものなの？」

「それ、まろはわかるなあ」

「尊仁親王《たかひと》さまもそう？」

「え、おれは……、かわいそうだし、嫌《きら》われたくないから、たぶん、きっとそんなことしないと思うけど」

「ふうん。みながみなってわけじゃないのね？　道長《みちなが》さまも？」

「え、も、もちろんだよ。あたりまえじゃないか」

道長はそういったが、声が少しひっくりかえっていたので、じっさいはどうだかわからない。モモも、すっと横目で、疑りぶかそうに道長のほうを見ている。

「どうだろう。でも村上《むらかみ》天皇は、間違《まちが》いなく、もうこれで芳子姫《ほうしひめ》にめろめろだろうなあ」

と、俊《とし》ちゃんがいうと、モモは首をふった。

「ところがそうじゃないの。たしかにしばらくは、あの宮廷一の天才美少女の誉《ほま》れ高かった芳子姫さまにぞっこんだったそうですけど、村上天皇は正妻の中宮安子《ちゅうぐうあんし》さまに頭が上がらなかったようです」

「安子は、わが伯母《おば》ながら、やきもちやきで有名だったからなあ」

道長は少し苦笑いを浮かべた。

村上天皇の中宮つまり正妃《せいひ》だった安子は、帝が芳子の部屋に入りびたってばかりいるのを怒《おこ》って、土器の破片を投げつけたり、帝を部屋に閉じこめたりしたそうだ。

「さすがに村上《むらかみ》天皇は怒《おこ》って、そのとき安子《あんし》の部屋にいたわしの父たちも叱《しか》りつけ、謹慎《きんしん》させたとか」

「土器のかけらを？」

ところが、土器を投げたのは自分で、兄弟は関係ないでしょうと、逆にさんざん文句をいわれたらしい。

そこまでされると、おれならいやになって会いたくないと思いそうだが、村上天皇はそんな安子のことをなにかと気にかけていた。

この安子が亡《な》くなってからは、生前にさびしい思いをさせてしまったと悔《く》いて、あんなにかわいがっていた芳子《ほうし》姫《ひめ》のもとにも通わなくなったそうだ。

「わかんないなあ」

おれがいうと、モモは、

「尊仁《たかひと》さまは、そういうことはわからなくてよいのだと思いますよ。まずはひとりの女子を大事にしてあげてください」

「うん、まあ……」

「村上天皇は、一途にご自分のことを思ってくれた安子さまのお気持ちに気づかれたのでしょう」

「まあわしとしても、この伯母《おば》のことは悪くはいえん」

道長《みちなが》はそういって頭をかいた。

「伯母《おば》の安子《あんし》は、あれで情がこまかいお方だったようで、わが父たちの兄弟が順番に関白職につけるよう取り計らったりしてくれたのだ」

とはいえ、道長も生まれるまえに安子は亡《な》くなっているそうで、会ったことはないという。

この安子は、おれにとっては曾祖父《そうそふ》にあたる円融《えんゆう》天皇の母でもある。

考えてみると、おれと道長の結びつきは思ったより強いのだ。

第三章

鏡の真実

1　五月の闇《やみ》

つぎのふすまを開けると、そこは内裏《だいり》の奥だった。

外は、五月雨《さみだれ》が音もなく降り続き、庭の草葉をぬらしている。

もう夜はかなりふけているのだろう。

あたりは寝静《ねしず》まっているなかで、ただ一か所、清涼殿《せいりょうでん》の南にある殿上《てんじょう》の間だけは明かりがともっていた。

近づいていくと、笑い声にまじって、だれがつまびくのか琵琶《びわ》の音もきこえてくる。

「うっとうしい雨だなあ。いったいいつまで降り続くやら……」

廊下に出てきて空を見上げてつぶやく少年の姿《すがた》に、黒猫《くろねこ》の道長《みちなが》がぎくっと足をとめた。

「おい、あれはわしだぞ……とすると……ああ、あのときか」

黒猫の道長がいうには、何年か前、花山《かざん》天皇が即位してまもなくの頃《ころ》、みなで肝試《きもだめ》しをしたことがあったのだそうだ。

「花山《かざん》天皇もまだ十七歳で、わしもまだ二十歳になっていなかった。その場にいたのは、わしの兄弟や同じ年頃《としごろ》の若い貴族ばかりだった。そういうのが、集まると話題はたいていきまってるだろう」

「女子のこと？」

ぶち猫《ねこ》の俊《とし》ちゃんがきき返すと、

「まあそうだが、あとは世間のうわさやらなんやら……それでだれがいい出したものか、もののけの話になってな。こんなさびしい気味の悪い晩には、この内裏《だいり》でも鬼《おに》や魔物《まもの》がきっと出るだろう、恐《おそ》ろしいことだと語り合っていると、花山天皇が、ためいきをつかれたのだ」

そこにいる貴族はいずれ政治の中心になる若者ばかり。それが、もののけぐらいでおびえているようでは、この先、国のことが心配だと。

「そういわれてだまっているのもしゃくなので、わしら藤原《ふじわら》家のものは、もののけなど少しも怖《こわ》くはないと、強がってみせたのだな」

少年の道長《みちなが》にとっては、今の国の政治を動かしているのはわが藤原一門という自負があって、こんなことでばかにされてなるものかという思いがあったのだろう。

すると花山《かざん》天皇はおもしろがって、そこまでもうすならば証拠《しょうこ》を見せてみよといい出したのだという。


時刻はそろそろ丑三《うしみ》つどき（午前二時）にもなろうという頃《ころ》あいだった。

夜が一番暗く、深い闇《やみ》が支配する時間だ。

しかも煙《けむ》るような細かな雨が降っている。

外に出るだけでも、歩くだけで着物がいつのまにかぬれて重くなるような感じだった。

「三兄弟がみなで行っても、肝試《きもだめ》しの意味があるまい」

花山天皇は考えて、長男の道隆《みちたか》には、内裏《だいり》の外の豊楽院《ぶらくいん》へ、次男の道兼《みちかね》には近くの仁寿殿《じじゅうでん》へ、そしていい出した張本人の道長《みちなが》には大極殿《だいごくでん》へ行ってまいれと命じた。

内裏は、民の暮《く》らす街中とは違《ちが》って、都の役所の中心地だ。役人たちが帰ってしまえば、夜はめったに人も通らず、森のように静まり返ってしまう。

そのため、内裏にはもともと幽霊《ゆうれい》や鬼《おに》がひそみ、夜になるとどこからかやってきて、人を食らうとうわさもされていたのだ。

「道長もとんだことをいい出したものだな。もっとも、まさか、こんな日に肝試しをさせられるとは思わなかったのだろうが……」

ほかの若い貴族たちの嘲笑《ちょうしょう》をききながら、道長《みちなが》たち藤原《ふじわら》三兄弟は黙《だま》って支度《したく》をして、蓑《みの》をはおり外へ出た。

「まったく、おまえが恰好《かっこう》をつけるから、わしたちまでこんな目にあうのだぞ」

恨《うら》めしげに道長を叱《しか》りつけたのは、次兄の道兼《みちかね》だった。

道長は、なにかとずるをしてばかりいるこの次兄とはそりがあわず、小さいときから家ではいつもけんかばかりしているのだが、さすがにみなの手前、いい返すことはしなかった。ただ、ひとこと「せいぜい鬼《おに》に食われないよう、気をつけてくだされ」といって笑っただけだった。

一方、長兄の道隆《みちたか》はふたりよりは少し歳もはなれていることもあって、さすがに落ちついているようだ。

「では帝、行ってまいります。なあに恐《おそ》ろしいことなど少しもありませんよ」

道隆はそういって、従者《じゅうしゃ》を先頭に立たせて、宴《えん》の松原とよばれる広場のほうへ歩き出すのを見て、見届《みとど》け人となった貴族たちが内裏《だいり》の門のあたりで首をひねった。

「それでひとりで出かけたといえますのか?」

すると道隆《みちたか》はふりむいて、

「無礼をもうすな。わしの身分で従者《じゅうしゃ》をつれずに行くことなどないわ」

と、怒鳴《どな》り返した。

ところが……。

まっさきに出かけたその道隆は、まだ半町も行かないうちに、その従者たちもおきざりにしてあわてて戻《もど》ってくるではないか。

「いかがされたか？」

そうきかれて、まっ青な顔をした道隆は、息を切らせながら、

「いや、出たわ。幽霊《ゆうれい》じゃ、女子のような声で泣きおった……」

すぐに祈祷師《きとうし》をよべ、お祓《はら》いじゃと騒《さわ》ぐ道隆を見て、道長は首を振った。

「兄上、あちらは内裏《だいり》で働く采女《うねめ》たち女官《にょかん》の部屋が近いでしょう。おそらく親元を離《はな》れてさびしく思う娘が故郷《こきょう》を思ってひそかにしのび泣いていたのでは」

「ば、ばかをもうせ、あれは幽霊だ。足はなかったからの。これが魔物《まもの》や鬼《おに》の類なら、こちらから切って切って切りまくってやったところだが、相手は幽霊。からだはないときている。どなたか幽霊を成仏させる方法はご存知か？」

知っているなどといったら、下手したら幽霊《ゆうれい》のもとへいかされるとか思ったのか、ほかの貴族たちはたがいの顔を見合ったままだまっている。

そうしていると、今度は内裏《だいり》の奥のほうで、この世のものとも思えぬ叫び声が聞こえた。殿上《てんじょう》の間の庭づたいにそちらへむかったのは次兄の道兼《みちざね》の一行だった。

すぐに足音が聞こえ、従者たちが、その道兼をかつぐようにしてもどってくる。

「いかがされたか？」

きかれて、道兼は息もたえだえのようすで、

「たすけてくれ～。鬼《おに》じゃ、鬼がでおった。なにしろでかかった。従者《じゅうしゃ》たちに刀をぬかせて退治をしようとしたのだが、その恐《おそ》ろしいこと……。いや、恐ろしいことは少しもなかったのだが、ただ戦って、万一、もしものことがあっては、この先、帝へのご奉公《ほうこう》がかなわなくなる」

そこでしかたなく引き上げてきたといったので、貴族たちは、おそらく従者にももたせた松明の炎にうつるご自分の影におびえたのでしょうと笑いあった。

「なにをぬかす。あれは鬼か魔物じゃ。疑うならおぬしたちいって自分の目で確かめてこい」

道兼が青筋立ててどなると、花山天皇はうすく笑いながら、

「それはそうだの。道兼を疑うなら、おぬしたち見てくるがよいぞ」

そういわれて、貴族たちはたちまち首をすくめ、

「いやべつに疑っているなど、めっそうもございません」

と、答えた。

「はあ……」

やっぱりなと花山《かざん》天皇が嘆《なげ》かわしそうにためいきをつくのをきいて、道長《みちなが》が進み出た。

「わしはひとりで行ってまいります。帝を守る役目のこの身、五月の闇《やみ》の暗がりにおびえてなどいられましょうや。ただわしが大極殿《だいごくでん》の門をくぐるかどうかたしかめるために、警備《けいび》の兵士たちを途中までおつけくだされ」

「よし。だが、おぬしのその気持ちでもはや十分だぞ。兄者たちとてしくじったものを」

花山天皇は、自分と歳の近い道長のことは気にかけているらしく、とめようとしたのだけれど、道長はほほえんで、軽く頭をさげると、松明《たいまつ》を手に歩き出した。

帝に命じられて、警備の兵士たちが数人、影《かげ》のようにうしろについた。

降り続く雨が足音を消し、不気味な静けさがあたりを支配していた。

雨の中を松明の火が消えないよう用心しながら、道長は内裏《だいり》の外に出ると、大極殿の入り口の門までやってきた。むこうに大極殿の大屋根が黒々として見える。

なにか巨大な妖魔《ようま》が背中《せなか》の羽をのばして、しがみついているような気がした。

屈強《くっきょう》な兵士たちも、これにはさすがにおびえたように身をすくめた。

「ほんとうにあの大極殿《だいごくでん》まで行かれるのですか?」

「もちろん、帝との約束だから。おぬしたち、帰って帝に、わしが大極殿の門をくぐったと伝えてくれるか」

道長《みちなが》はひたいに降りかかる雨をぬぐうと、門を開けてもらって、中に入っていった……。

○

門の裏《うら》にひそむ、おれたちの目の前を道長が通り過ぎていく。

「でも、ほんとうにだいじょうぶかね」

俊《とし》ちゃんが心配そうにつぶやいた。

大極殿は昔から、数多くの魔物が目撃《もくげき》されているところだ。

おれたちは時穴《ときあな》をくぐったときに、実際に、血みどろの死体をかつぐ鬼《おに》や魔物たちを見ているだけになおさら不安だった。

「みんなで行ってみましょう」

おれがうながすと、黒猫《くろねこ》の道長《みちなが》が首を横にふった。

「わしはよしておこう」

「どうしてですか？」

「鏡の仙人《せんにん》の言葉をお忘《わす》れか？」

もうひとりの自分には会ってはならない。もっとも目の前にいるのがべつの時代の自分だと気がつかれなければよい、猫の姿《すがた》ならばだいじょうぶともいわれたのだ。

「用心するに越したことはないですからね」

おれがいうと道長は少し苦笑いをした。

「いや……。もし行けば、わしのことだ。自分に手助けしてしまうかもしれん。そうすれば肝試《きもだめ》しにはならんだろう。帝にももうしわけないからな」

ずるはしたくないという道長の言葉に、おれは思わずうなずいた。

「でも、おれたちは行ってもよいですよね」

「見届《みとど》けたいもんな」

と、俊《とし》ちゃんがいうと、

「私も」

と、モモがいう。

ふたりは好奇《こうき》心の塊《かたまり》なのだ。

黒猫《くろねこ》の道長《みちなが》は、闇《やみ》の中で笑った。

「好きにしてくれ。でもよいか、なにがあってもほうっておけよ」

「はい」

「わしはこの門の裏で待っておるからな」

それでおれたちは、松明《たいまつ》のあかりがゆれているほうへ走り出した。

○

大極殿《だいごくでん》の大きな建物の影《かげ》の下で、道長はひとり屋根を見あげていた。

「さてついたぞ。なんとあっけのない。もともと、もののけなどおらんのだ。鬼《おに》や幽霊《ゆうれい》なんて、しょせん、人の恐怖《きょうふ》心がつくりだしたものだろうて……」

そうつぶやいたとき、おれたちの足元をネズミが一匹通りかかった。

それもかなりでかいやつだ。

「わっ、化けネズミだ！」

と、俊《とし》ちゃんが叫んだ。

そのとたんだった。

「きゃあああ！」

と、モモが悲鳴をあげた。

「ネ、ネズミ、ネズミ、いや、いや」

ふだんはわりと冷静な姫《ひめ》のくせに、このあわてようはなんだ。

そう思ったのは、おれだけではなかった。

少年の道長《みちなが》が少し青ざめた顔で、おれたちのほうへさっと松明《たいまつ》をつきだした。

「なんだ猫《ねこ》か……びっくりさせるなよ。魔物《まもの》かと思ったぞ」

道長はおれたちを見て、拍子抜けしたように笑うと、

「まあ、この大極殿《だいごくでん》も夜はネズミの住処《すみか》になっているんだろう。猫たちよ、よいから、たんととってくれ」

いわれて、

「いや、そんなの絶対にいや」

思わず叫び返したモモは、はっとして、あわてて口をふさいだが、もうあとの祭りだった。

道長《みちなが》はさっと腰《こし》の刀を抜《ぬ》くと、モモのまえにつき出した。

「怪《あや》しいやつ。こいつ人の言葉を話しおる。さては、ほんとうに魔物《まもの》が出よったか。まさかにいるとは思わなんだが……くらえ！」

モモを突き刺《さ》そうと、道長が、高く刀をかかげたとき、

「待ってくれ」

と、おれは飛び出していた。

「道長どの、おれたちは怪しいものではないぞ」

「なにをぬかすか。人間の言葉を話す猫《ねこ》などおるわけはないだろう。魔物め、ほんとうの姿《すがた》を見せい。いかにこの世に恨《うら》みがあろうと、帝のおわすこの都にのさばること、このわしがだんじてゆるさん」

するとおれのうしろから、ぶち猫の俊《とし》ちゃんがのそのそ尻《しり》をふりながら現れた。

「ふふふふ、道長よ、よくぞもうした」

「なんだ、おまえは？」

「まろたちは魔物《まもの》ではないぞ。時空をつかさどる鏡の仙人《せんにん》の使者でござる」

「使者？」

道長《みちなが》は眉《まゆ》をひそめた。

それをうけて、おれも続けた。

「そうだよ。ゆがんだ時代のひずみをあらためるため、世直し人を探して、はるばる時空を旅しておるのだ。だが、ようやく見つかったようだな」

「見つかったとは？」

「おぬしのその気迫、たしかに見届《みとど》けたぞ。この国を立て直す役目をそなたに授けよう。まかせたぞ」

とっさの出まかせだったが、おれは案外、自分でも気がつかないうちに本心をかたっていたのかもしれない。

「……な、なにをいう」

道長はなんだか毒気を抜《ぬ》かれたような顔で、おれたちを見ている。

「世直しだと？」

「この肝試《きもだめ》しも、その世直しの一歩だと思うべし。なにごとも気迫が大事だからな」

おれがいうと、俊《とし》ちゃんがわきからまた口をはさんだ。

「ところで、そなたがここにきたという証拠《しょうこ》を持って帰るといいぞ。さもないと、そなたを妬《ねた》んで、よこしまなものたちがなにをいうかわからんで」

「なるほどよこしまな連中か……、たしかに、あいつらならいいかねないよな。ありがとうよ」

道長《みちなが》は、持ち前の明るさをとりもどしたようだ。刀を腰《こし》に差しながら、

「しかし、まことにそなたたちは鏡の仙人《せんにん》とかの使者なのか？」

「信じる信じないはそなたの勝手。しかし、おれたちははるか未来からおぬしのこれからの所業を見守っているからの、がんばるのだぞ」

おれがいうと、まだどこかに少年の面影《おもかげ》を残す、若い道長は少し感動したようだった。

「では、おれたちは退散しよう、さらばじゃ」

それから、おれは俊ちゃんとモモに「ずらかるぞ」とすばやくささやき、わざと、しっぽをぴんとたてて歩き出した。

ふりむくと、まだこちらを見守っていた道長は、大きく手を上げた。

「さらばじゃ、猫《ねこ》ども」

2　空翔《かけ》る虎《とら》

門まで戻《もど》ると、黒猫《くろねこ》の道長《みちなが》の姿《すがた》は見えなかった。

はあ……とモモが小さくためいきをついて、

「私ってだめだなあ、なにをやっているんでしょう」

小さい時に、昼寝《ひるね》をしていておしりをかじられたことがあって、ネズミだけはどうしても苦手なのだという。

「しょうがないよ、そういうこともあるって」

おれがいうと、モモがきゅうにすり寄ってきた。

「でも、ありがとうございました。尊仁《たかひと》さまが助けてくれなかったら、モモはどうなったかわかりません」

「え、まろだって助けただろう」

と、俊《とし》ちゃんは不満そうだった。

「俊房《としふさ》のまろさまも、ありがとうございました」

モモがいって、笑った。

「よしよし」

俊ちゃんが満足そうにうなずいている。

「それにしても、尊《たか》ちゃんが、あんなに口からでまかせをいえるなんて思わなかったなあ」

「とっさに出た言葉だよ。でも、いった言葉は本心だよ」

「尊仁《たかひと》どの、それはまことか?」

きゅうに声がして、見れば暗がりの中で、ふたつの目が光っている。

ぎくりとしたが、ぬっと現れたのは黒猫《くろねこ》の道長《みちなが》だ。

「あれ、どこに行ってたのですか?」

「いや、じつはな……」

うしろからついてきて成り行きを見守っていたという。

「でも、やはりおぬしたちだったのだな……。あのとき現れた者たちは」

「やはりって?」

「あのとき、いったいなにがあったのか、ずっと知りたかったのだが、ようやくわかったよ」

「ああ、そうか」

ようやくおれも気がついた。

今の肝試《きもだめ》し騒動《そうどう》は、実際にあったことなのだ。

『大鏡』の物語は、たしかに真実の歴史をうつしている証だった。

「つまり、道長《みちなが》さまは、じつは何年か前に、おれたちに会っていたんですね」

「そうだ。この肝試しと、奇妙《きみょう》な猫《ねこ》たちに会ったことは、まだ強烈に覚えているよ」

どうりで道長は、鏡の仙人《せんにん》のことを知っていたわけだった。

その後、出家した花山《かざん》法皇から鏡の仙人の話をきいてこの肝試しの夜のことを思い出し、こういうことにくわしい晴明《せいめい》を訪れたのだという。

「でも、道長さま、怒《おこ》らないでください。世直し人のことだって、おれたちはだましたわけじゃないですよ」

俊《とし》ちゃんがあせっていうと、道長はいつものおだやかな顔に戻《もど》って、

「うむ。わかっている。それにぶち猫の俊房《としふさ》どのにはあれからずっと感謝もしていたのだ」

「え、どうして」

「おぬしの忠告があったから、わしは大極殿《だいごくでん》に入って、柱をけずり持ち帰ったのだよ」

道長《みちなが》がぶじに花山《かざん》天皇たちのもとに戻《もど》った時、みなにほんとうにひとりで大極殿《だいごくでん》まで行ってきたのか怪《あや》しまれたという。

「そこで、あの証拠《しょうこ》の木ぎれを見せて、翌日、調べさせた。たしかだとわかって、わしはおかげで男をあげることができたというわけだ。あらためて礼をもうす」

黒猫《くろねこ》の道長に頭をさげられ、俊《とし》ちゃんはへへへと得意そうだった。

「ところで、モモどのにたのみたいことがある」

「はい、なんでしょう」

「おぬしは晴明《せいめい》の弟子、わしをそろそろ元の世界へ戻《もど》してくれぬか」

「え、『大鏡』の物語はまだ先があると思うけど」

俊ちゃんが、びっくりしたように目をまるくした。

「だろうな、なにしろ摂関《せっかん》家の歴史だけでも百七十年もあるのだからな。わしたちが物語の中に入って旅をしているとしても、それはほんのわずかな部分にすぎんだろう。それでも、先人の教えを学び、やってきたことを知るのは大切だ」

道長はそういった。

「人は、よいこともすれば悪いこともする。ときにはしくじりもするだろう。失敗を恐《おそ》れてはならん。しかし失敗して反省をしなければなんの意味もない」

「はあ」

「それを忘《わす》れてはならんぞ」

この物語の中にいるあいだに、そのことを考えていたと、道《みち》長《なが》は笑った。

「さすがに猫《ねこ》になるとは思わなんだが、それはそれでおもしろかった」

「だったら、もっと一緒《いっしょ》に旅をしたらよいのに？」

と、おれもいった。

道長に会うまでは天敵と思って嫌《きら》っていたのが、短い間に印象はまるっきり変わっていた。

年齢もまだ二十歳を越えたばかりと若かったが、子ども相手にも偉《えら》ぶらず、まともに話をする。

なにより正直だった。

「残念だなあ」

と、おれがいうと、道長は、

「ありがとう。だが、残念だが、ここでお別れはしなくてはならん。なにしろ『大鏡』の物語は、
これから先は、どうやら今のわしにとっては未来となるようだからな」

「未来になにが待ち受けているか、知りたくないのですか？」

おれもきいてみた。

「知りたくないな」

「え、どうして?」

「それでは生きていくのが、つまらぬではないか」

黒猫《くろねこ》の道長《みちなが》は大きく伸びをすると、

「人生はだれもまだ歩いていない新雪の中を歩むみたいなものだ。振り返ればおのれの足跡《あしあと》が見える。それをたしかめながら、前へ進みたい」

「そうか……」

おれはうなずいた。

道長の気持ちがよくわかったからだ。

おれたちは道長よりも未来に生まれ、この偉人《いじん》がなにをなしとげてきたかを知っている。けれども、おれの目の前にいる黒猫の道長は、これからそれをはじめるのだ。

「でも、おれたちが『大鏡』の物語を先に読み進めていけば、またあなたにお会いするかもしれませんね」

「おう、それは楽しみだ。挨拶《あいさつ》ぐらいはしたいものだな」

「うん、それはぜひ」

おれがいうと、道長《みちなが》は軽やかに笑って、モモのほうを見た。

「私がここで祈れば、むこうでお師匠《ししょう》さまが迎《むか》えてくださるでしょう」

いつのまにか霧雨《きりさめ》は止んでいて、白い靄《もや》のようなものが漂《ただよ》っていた。

夜が明けようとしているのだ。

モモが立ちあがった。

「では、まいりますよ」

○

「いなくなっちゃったなあ」

おれがつぶやくと、俊《とし》ちゃんもうなずいた。

「ああいうずうたいの大きい猫《ねこ》が近くにいるときは邪魔《じゃま》くさいと思ったけど、いなければいないでさびしいもんだね」

「道長さまは道長さまで、これから長い人生の道を歩いていくのでしょう。『大鏡』の中で、私たちはその道長《みちなが》さまがどんなことをなされたのか、きっと見られるのですよ」

楽しみですねえと、モモにいわれて、おれもきゅうに元気がわいてくるような気がした。

「あ、でも、モモにとってもこれからの物語は未来になるだろう？　よいのか。だって、自分の書いた物語や、未来の旦那《だんな》さまのことは知りたくないといったじゃないか？」

「そのときは目をつむり、耳を閉じるからだいじょうぶです」

と、モモは笑った。

とはいえ、すでに少しぐらいは知っていることもあるという。

白猫《しろねこ》モモとして、じつの娘である賢子《かたこ》おばさまのところに出入りしているうちに、自然とわかってしまったそうだ。

それによると、モモは紫式部《むらさきしきぶ》となってから、道長の娘で、一条天皇の中宮《ちゅうぐう》になった彰子《しょうし》につかえて、『源氏物語』を書くことになるらしい。

「そういうことって耳をふさいでいても入ってきてしまうの」

モモはぺろっと舌を出し、

「それでも、私にとっての未来は、この『大鏡』の物語よりじつはもっと先にもあるのですから」

「え、どういうこと？」

おれたちのいる『大鏡』の物語は、おれや俊《とし》ちゃんが生まれる十年ぐらい前に紫式部《むらさきしきぶ》が書き遺《のこ》したもの。つまり、そこまでの歴史はたどれるということだ。

でも、その先って……。

「あれ？　紫式部はそれからまもなく神隠《かみかく》しにあったんじゃなかったっけ？」

俊ちゃんがきくと、モモはうれしそうにうなずいた。

「ええ、ちょっとしたことがおきてしまって……だから、そこから先がどうなったのか、私も知りません。きっと、私にもすごい冒険が待っているような気がしますけど。でも、ともかく、今はもう少し前へ進みましょう」

○

黒猫《くろねこ》の道長《みちなが》がいなくなって、三匹に戻《もど》ったおれたちは、またつぎのふすまを開けた。

そのむこうはふたたび内裏《だいり》の中だった。

円融《えんゆう》天皇の女御《にょうご》、詮子《せんし》が、尋禅《じんぜん》という僧正《そうじょう》をよんで、祈祷《きとう》をさせていた。

道長の父だった兼家《かねいえ》が亡《な》くなり、その法事に次男の道兼《みちかね》が現れなかったと女官《にょかん》たちがうわさ話に花を咲かせている。

なんでも、父が関白の座を長男の道隆《みちたか》公に渡し、自分にゆずってくれなかったことを根に持ち、恨《うら》んでの所業だという。

道兼《みちかね》は、花山《かざん》天皇をだまして出家させた張本人だった。父の兼家《かねいえ》が摂政《せっしょう》になれたのも、いってみれば自分のおかげなのにと思っていたのかもしれない。

でも、関白の座を次男ではなく、長男に渡す。これは世の中の常識だった。それを恨むなんて、いかに道兼がひどい男だったかがわかる。

しかも肉親の、まして父親の法事に出ないというのは、あまりに親不孝だとみなあきれ返っているようだった。

「そういう方なのですよ、道兼さまは。できたらお近づきになりたくありませんわ」

と、女官《にょかん》たちの評判もすこぶる悪い。

「ほんと、日本一の最低男ですよね」

この道兼に自分の父親を失脚《しっきゃく》させられたと思っているから、モモも鼻息は荒い。

そこへ女御《にょうご》の詮子《せんし》が十歳ぐらいの男の子をつれて、現れた。

「尊仁《たかひと》さま、あの子が一条天皇ですよ」

モモが教えてくれたが、一条天皇はすなわちおれの祖父だ。

花山《かざん》天皇が出家して、あとをついで即位してからすでに何年かがたっているようだった。

笑うとかわいいでしょうといわれても、自分のじいさまだと思うと、なんだかくすぐったくてよく顔も見られなかった。

モモにすれば、いずれ自分がつかえることになる中宮彰子《ちゅうぐうしょうし》の結婚相手だからか、「なかなかに凛々《りり》しい」とかいったりして、やけに肩入《かた》れしているようだった。

けれども、まだこのとき彰子は三歳。

若き天皇は、自分より三つ年上の定子《ていし》と結婚したばかりだった。

その若い天皇が僧正《そうじょう》にきいている。

「お坊《ぼう》さまは人相を見られるときいたが、その人相とはいったいどんなものなのですか？」

「人相は、その者の運命や生まれ持った星を示しております。したがってそのお顔を見れば、そのものが将来どのようにご出世あそばすかわかるというもの」

この偉《えら》い僧正は長い祈祷《きとう》のあとでいながら、疲れも見せずに答えた。

「へえー、ならばわが叔父《おじ》たちはいかがだろう。たとえば内大臣の道隆《みちたか》は？」

亡《な》くなった兼家《かねいえ》の息子のうちの長兄である。

「ああ、あの方はじつに立派な顔立ちをされております。天下取りの相でございます」

いずれは摂政《せっしょう》にのぼられるだろうという。

天皇の今の妃定子《きさきていし》は、この道隆《みちたか》の娘でもあった。

「では中の叔父《おじ》の、道兼《みちかね》は？」

「あの方も立派なお顔をされております。さすれば大臣にはおのぼりになられるかと……」

「下の叔父の道長《みちなが》どのは？」

「いや、さてこそ、近頃の道長さまは居眠《いねむ》り猫《ねこ》から深山にのぼる虎《とら》の相に変わられたようにお見受けします」

「それはいったいどういう？」

「高く険しい山の峰《みね》をひとりかけのぼっていく虎。まさに空翔《かけ》る虎の相ともうして、ずばり天下第一の相でございましょう。あのようなすばらしいお顔は、拙僧《せっそう》も拝見《はいけん》したことがございませなんだ」

部屋にいた女官《にょかん》たちがざわついた。

亡《な》き関白兼家《かねいえ》のあとをつぐ藤原《ふじわら》三兄弟の中では、道長がいちばん出世も遅《おそ》く、ようやく一条天皇の妃定子の役所をつかさどる中宮大夫《ちゅうぐうのだいぶ》になったばかりで、今後もあまり活躍《かつやく》するとは思われていなかったからだ。

ただ女官《にょかん》たちには、道長《みちなが》はなぜか人気があるらしく、女御《にょうご》の詮子《せんし》が笑いながら、

「みなのお気に入りの道長はこれからは出世するそうじゃ、よかったの」

というと、うなずきあってよろこんでいる。

「では道隆《みちたか》の子の伊周《これちか》はどうじゃ？」

一条天皇がきくと、詮子はすっと眉《まゆ》をひそめた。

「道長よりも八歳も下ながら、位は上の権大納言《ごんだいなごん》。道隆は藤原《ふじわら》一族の長男で、いわば跡継《あとつ》ぎゆえ、出世ははやいし、いずれはこの伊周こそがこの国を治めるのであろうか？」

「さてどうでしょうか」

と、僧正《そうじょう》は答えた。

「伊周さまは雷《かみなり》の相と申してたいへんに高貴なお顔をされております」

「それはどのような？」

「空高く音が鳴るの意味です。ただし、雷は、長続きしません」

「なんと……、やはりの。あの子は、どうも父の道隆の顔色ばかりうかがうようなところがあって、私も気にかけていたのですよ」

○

「道長《みちなが》さまは天下第一の相か、よかったなあ」

と、庭先で話をきいていた俊《とし》ちゃんがいった。

「でも、あの坊《ぼう》さん、みなの前であんなこといってだいじょうぶかなあ。道兼《みちかね》あたりににらまれなきゃいいが」

「それは心配ないでしょう。人相を見るのは、夢占いなどと一緒《いっしょ》で、あくまで今の運勢を示すものですから、日々の暮《く》らしを変えていけばおのずと改まり、よい人相に変わるものですよ。気がかりがあればそれを直せばよいのです。俊房《としふさ》さまも、尊仁《たかひと》さまもこの『大鏡』の物語の中にやってきてからまた一段とりりしくおなりになっていますし」

モモが答えるのをきいて、いささかくすぐったかった。

「そうか……、おれたち立派になったか？」

「はい、尊仁さまも虎《とら》になりつつあるような」

「でも、虎は虎でも、尊ちゃんの場合は虎猫《ねこ》じゃないの？」

俊《とし》ちゃんにいわれて、いい返してやった。

「そういうおまえも変わったよ」

「どんなふうに？」

「鏡の仙人《せんにん》に似てきたような気がする」

「そうか？」

にんまり笑った俊ちゃんに、モモがうなずいた。

「ええ、大宅世継《おおやけのよつぎ》さまのお孫さんみたいです」

「それって、たんに太ったってことか？」

「はやい話がそのようで……。俊房《としふさ》さまは食べすぎですよ。それにしても、あの道長《みちなが》さまもがんばっていらっしゃるようでよかったですね」

うん、とうなずきながら、おれは、道長が空翔《かけ》る虎《とら》となって、はばたいていこうとしているみたいで、なぜかうれしくてたまらなかった。

3　祈りの矢

つぎのふすまを開けると、そこは京の二条にある関白道隆《みちたか》公の屋敷《やしき》だった。

庭先に特別につくらせた射的場で、まさに貴族たちの競射《きょうしゃ》の試合が行われていたのだ。

招待されて試合に参加しているのは大貴族や、その貴公子ばかり。

その中でも、なんといってもこの日の花形は、関白の父のひきたてで、はやくも内大臣に出世した道隆公の長男の伊周《これちか》だった。

伊周が的に当てるたびに会場はどよめき、拍手や笑い声がおきる。

競射は、貴族たちの高級な遊びであったけれど、同時に神様にささげる神事のひとつで、勝てば天意にかない将来が祝福されるとされていた。

そのため、今や飛ぶ鳥を落とす勢いで昇進していく伊周に遠慮《えんりょ》して、いずれは取り立ててもらおうと思う若い貴族たちが勝ちをゆずろうと、わざと的をはずしたりするものだから、勝負はあってないようなものだったのだ。

伊周《これちか》が射た矢が的をかすめただけで、

「大当たり〜」

と、声が響《ひび》く。

「へっ、見ちゃいられないなあ」

庭先の石の上で日向ぼっこしながら、競射《きょうしゃ》の試合を見物していたぶち猫《ねこ》の俊《とし》ちゃんがあくびをした。

「なんでここに道長《みちなが》さまがいないんだ？」

「そりゃ招待されなきゃ、こられないでしょう」

あたりを歩きまわって、いつものように情報を集めてきたモモが教えてくれた。

「招待されていないって？」

「道長さまは権大納言《ごんだいなごん》におなりになったばかりでお忙《いそが》しいでしょうからと、お招きされていないそうです」

「大納言ってそんなに忙しいのか？」

「道長さまのことだから、それなりにお働きになられていると思いますが、それをいうならここには大臣たちも多く集まっていらっしゃいます」

道隆《みちたか》は、自分の息子をさらに引き立てるために、わざと出世の競争相手になりそうな道長《みちなが》をのけものにしているのだろうという。

伊周《これちか》は、二十一歳で早くも内大臣。

それに引き替え、叔父《おじ》にあたる道長は八歳も年上ながら、まだ大納言《だいなごん》にすぎず、甥《おい》の下役に甘んじていた。

政敵とよぶには十分に差があるような気がしたが、内裏《だいり》の中には藤原《ふじわら》家の名前にたよらず、どんな仕事も黙々《もくもく》とこなす道長へ期待する声が日増しに高まっているようで、道隆の心中はおだやかでないのではとモモは自分の考えをいった。

「最近はその道隆さまもおからだの具合がよろしくないようで、息子の先行きを心配してのことかもしれません」

「え、調子が悪いって？」

俊《とし》ちゃんは、射的場の奥で上機嫌《じょうきげん》で酒をのんでいる道隆のほうに目をやった。

「そうは見えんなあ。それにそんなに年寄というわけではないだろう」

「はい四十歳をすぎたばかり。ただ、道隆さまはお酒ののみすぎで、この頃《ごろ》は何度か倒《たお》れられたとか」

「関白がそのようなことでよいのか？」

おれがいうと、俊《とし》ちゃんも「だよな」とうなずいた。


そこへ馬のいななく音がきこえ、一頭の見事な栗毛色《くりげいろ》の馬が従者《じゅうしゃ》に口縄《くちなわ》をおさえられながら入ってきた。

馬上からひらりと男が飛び下りると、

「兄上、遅《おく》れてもうしわけござらん！」

とよびかけた。

道長《みちなが》だった。おれたちが別れてから、実際の時では何年がたっているのだろう。

この大鏡の中での旅の時は黒猫《くろねこ》だったせいか、記憶の中では五月の闇《やみ》の肝試《きもだめ》しで会ったときの十代の面影《おもかげ》が強く残っていたが、すっかり成人し、貫禄《かんろく》のついた道長がそこにはいた。

「甥《おい》の伊周《これちか》どの、このたびは内大臣に就任《しゅうにん》、おめでとうございます」

あいかわらずの明るい声があたりに響《ひび》いた。

「おお、これはこれは」

伊周《これちか》の父親の道隆《みちたか》が、わざとらしく大げさによろこびの声をあげた。

「そちも伊周の祝いにかけつけてくれたか。本日はまあささやかな集まりで、そちへは文を出さなくてすまなんだ。忙《いそが》しいと思ったゆえな」

「そんな水臭《みずくさ》い。兄上のおよびとあらばいつでもかけつけてまいりますのに」

「ありがとう、ありがとう」

息子の伊周にとっての一番の政敵とみなしていた道長《みちなが》が、こちらになびいてくれたと思ったのか、関白道隆は酒に酔《よ》って赤く染《そ》まった顔をさらにはじけさせて笑った。

「こら、道長、おぬしは近頃《ちかごろ》、評判を落としているぞ」

「どうしてですか？　わしがなにかまずいことでも」

「そうではないが、貴族や役人におぬしがきびしすぎると苦情がきている。もう少しゆるやかにしてやれ」

「いや、最近、貴族たちの暮《く》らしぶりがまた派手になってきましたからな。そのために任地での税の取り立てがきびしくなっているとか、このところの飢饉《ききん》で民は苦しんでおりますから。民は国の宝、かれらを守るのがわれらの役目ではござらぬか」

「また堅いことを。それより、ともかく今日は祝いだ。おぬしも酒をのめ」

「いや、兄上、まだ競射《きょうしゃ》の試合が終わっていないようなので、まずはそちらにまぜていただけませんか？」

「おう、そちは弓も得意だったな。では息子の伊周《これちか》に教えてやってくれ」

「なにをおっしゃいます。して、試合のほうは？」

「うむ、これまでは伊周のひとり勝ちだ」

「ほらごらんなさい、教えていただくのはこの叔父《おじ》のほうでござろう」

道長《みちなが》はそういうと、片肌《かたはだ》をぬいで、弓に矢をつがえ、きりきりとひきしぼり的を射てみせた。

しゅうと風を切る矢はまっすぐに的を貫《つらぬ》いていた。

「おお、おみごと」

道隆《みちたか》が歓声《かんせい》をあげると、それをおいかけるようにほかの貴族たちもどよめいた。

ただ甥《おい》の伊周だけはおもしろくなさそうに青い顔をしていた。

「では十番勝負とまいろうか」

道長に誘《さそ》われて、伊周は、父親の道隆のほうを見た。

「今日はおまえの祝いの日。叔父《おじ》のこころばかりの祝いだろう、手合せしてもらえ」

父親にいわれて、伊周はようやくほっとしたようにうなずいてみせた。

てっきり、道長《みちなが》が自分に花を持たせて、負けてくれるのだろう、そう思ったのだ。

ところが道長は、つぎつぎに的の中心を射ていくのである。

あせった伊周《これちか》の矢は、的を大きくはずれて、むこうの地面につきたった。

審判《しんぱん》をしていた従者《じゅうしゃ》が、伊周のほうは的にかすっても得点として数えたが、それでもそんな失敗がたたって二本の負けだ。

それを見た貴族たちが、口ぐちに、延長戦をやりなさいとすすめた。

「二点差ですから、あと二回やれば、きっと同点になるでしょう。道長さま、よろしいな」

勝負あったはずなのに、またしてもずるをして伊周に勝たせようというのが見え見えだった。

貴族の中には、笑いながら近づいてきて、道長に、

「これは遊びですから、まあ位の順に従《したが》っておきなされ」

と、暗に負けてやれというものもいた。

「位とは？」

「お察しの通り」

叔父《おじ》の道長のほうが、今の官位は伊周よりも低かった。

けれども、道長はふっと笑って、

「気位ならば、このわしはだれにも負けないつもりだよ」

と、いい放った。

そして、さきに弓に矢をつがえると、空を見あげて、

「この道長《みちなが》の家より、将来の天皇や皇后《こうごう》がお立ちになる運命なら、この矢あたれ」

と射たのだ。

的は再び風を切り、的の真ん中に吸いこまれた。

それから、伊周《これちか》をにらみつけると、

「おぬしの番だ」

と、場所をゆずったのだった。

道長の気迫に、伊周はまっ青になって、手が震《ふる》えて、なかなかにかまえられない。それでもなんとか射たのだが、力なくしかも方角違《ちが》いに飛んでいった。

「あー」

と、貴族たちのためいきがきこえた。

それにおかまいなく、道長は再び弓矢をかまえた。

そして再び、今度はこうとなえたのだった。

「この道長《みちなが》、将来の摂政《せっしょう》・関白の職に就《つ》けるなら、この矢あたれ」

これは甥《おい》の伊周《これちか》と、政権をかけて今後争っていくという宣言でもあった。

道長は、矢を弓につがえ、きりきりとしぼった。

それからもう一声、吠《ほ》えるようにして、叫んだ。

「時空の神よ、わが想い、きき届《とど》けたまえ！」

極限までにひきしぼられた矢が放たれた。

矢羽が風を切り、的のど真ん中に吸いこまれていく。

タンッ！

真ん中を打ち抜《ぬ》かれ、的が割れんばかりにゆれた。

これには、伊周はすっかり圧倒《あっとう》されてしまったらしく、今度は弓に矢をつがえることさえしなかった。勝負はあったのだ。

道長はゆっくりとあたりを見渡し、三匹の猫《ねこ》たちが庭石の上に身を寄せあってすわりながら、見物していたのに気がつくと、はっとしたように息をのんだ。

それから
「見たか？」

と声をかけると、高らかに笑ってみせ、

「では、兄上、伊周《これちか》どの、おじゃまをしたな」

と、道長《みちなが》はなにものみ食いせずに、馬にまたがると帰っていってしまったのだ。

そのあと、道隆《みちたか》はいまいましそうに盃《さかずき》を地面にたたきつけると、

「あやつめ。おい伊周、ぼやぼやせずに弓矢を片付けさせろ。きょうはもう宴会は中止だ。わしはもう寝《ね》る」

と、わめきたてた。

◯

「もしかして、道長さまはまろたちに会いにきたのかもね？」

と、俊《とし》ちゃんにいわれるまでもなく、おれもそう思っていた。

「たぶんね」

道長は、おれたちとの約束を守って、自分が元気で頑張《がんば》っている姿《すがた》を見せてくれたに違《ちが》いなかった。

道長《みちなが》はたよりない甥《おい》の伊周《これちか》に政治をまかせてしまえば、天下が乱れると考えたのかもしれない。そこでついに自分から立つ決心をしたのだ。

競射《きょうしゃ》の大会の祈りの矢は、その道長の強い思いがこめられていたのだろう。

その決意を実行するときは、すぐにやってくる。

翌年、酒毒に冒された道隆《みちたか》が亡《な》くなり、続いて兄弟の順に関白職を継《つ》ぐべきだろうと、騒《さわ》ぎ立てた道兼《みちかね》が周囲の反対をおし切って、兄の跡《あと》を継いだ。

ところがすぐに疫病《えきびょう》にかかり、念願の関白になってたった七日で亡くなってしまうのだ。

この不幸を見て、俊《とし》ちゃんは「神さまっているんだね」と、ひとことといったきりだった。

そして、大鏡の物語は続いて、道長がついに内覧という関白に匹敵《ひってき》する位にのぼり、政治の中心にすわる場面が描かれていた。

一条天皇の母の詮子《せんし》は、東三条院《ひがしさんじょういん》とよばれるようになっていたが、この道長の決意を知り、応《おう》援《えん》するのである。

しかしことは簡単ではなかった。

一条天皇は、皇后《こうごう》の定子《ていし》を愛していたため、その兄の伊周を登用しようと考えていたからだ。そこで、東三条院《ひがしさんじょういん》は息子の天皇の考えを変えさせようと、涙《なみだ》を流して迫り、道長《みちなが》は内覧とよばれる関白と同じ地位につき、ついに歴史は動くのだった。

ときに道長は三十歳――長徳《ちょうとく》元年（九九五年）五月のことだった。

夢のはじまり

おれと俊《とし》ちゃんは道長《みちなが》の内覧への就任《しゅうにん》を見届《みとど》けると、モモのそばに行った。

すると、まだなにもいわないうちから、モモも気がついていたようだ。

「そろそろお別れのときですね」

『大鏡』の物語は、もちろんまだ続きがあった。

でも、それからの歴史は、偉大《いだい》な政治家、藤原《ふじわら》の入道こと道長の活躍《かつやく》に彩《いろど》られていて、おれたちにとっては、なじみの深いというか、耳にたこができるぐらいにきかされてきた出来事ばかりだったからだ。

「これから戻《もど》って、尊仁《たかひと》さまはどうされますか?」

モモはおれの顔をまっすぐに見ながらきいた。

「どうもしないよ」

「えっ?」

「あのさ、おれ、道長《みちなが》公ってとてつもない巨人と思っていたんだ。でも、違《ちが》っていたみたいだね」

どこか不器用だけど、なんか憎《にく》めないというか……。

「とっても人間臭《くさ》くて、好きだなおれ」

「うん」

モモもうなずいた。

「私も」

「ああいう人を見ちゃうとさ、考えは変わるよ」

「どういうふうに？」

「もうごまかすのはやめようと思う。おれはおれらしく悩みながら生きていくつもりさ。兄上に子ができ、その子がこの国のために努力するなら、いさぎよく皇太弟はおりるだろう。でも、そうでなければ逃《に》げちゃいけないような気がするし」

場合によっては、帝になる。

おれはモモにそう告げたのだ。

道長公は、自分の血筋から帝が誕生《たんじょう》することを念じて、祈りの矢を射た。

このおれも藤原《ふじわら》一族ではないにしろ、道長公の血は流れているのだ。

あの祈り矢にかくされたこと、それはこの国の行く末をおれたちにたのむということだろう。道長公《みちながこう》から、おれが、そしてまたつぎの世代へと、時空の流れが続く限り伝えていかなければならないことがあるような気がした。

「元の世界に戻《もど》るには、晴明《せいめい》をよび出せばいいんだっけ？」

「はい。でも、鏡の仙人《せんにん》にお願いしてみたほうが早いと思いますよ。きっと時穴《ときあな》を通らずに帰れるでしょうから」

「じゃあそうしよう」

「では、まいりましょうか」

「モモ、ありがとう、会えてよかった。でも、最後に猫《ねこ》じゃないモモにさよならがいいたかったな。いつまでも覚えていたいし」

おれがいうと、モモは首を横にふった。

「いいえ、今は猫の姿《すがた》のまま、お別れしましょう」

「どうして？」

「じゃないと私、泣いてしまいそうだから」

「そうか」

「うん」

モモはもう一度うなずくと、おれと俊《とし》ちゃんを促《うなが》した。

三匹で手をつなぐと、モモは呪文《じゅもん》をとなえはじめる。

するとふたたび空のかなたから、あの老人たちの少しにぎやかな笑い声がきこえてきた。

やがてそれに木々を渡る風や、人、鳥の鳴き声……森羅万象《しんらばんしょう》、人の世にあるすべての音がぐるぐるとまわりはじめた。

……そして、意識がなくなる、その最後の瞬間《しゅんかん》に、モモの声がきこえた。

「また会いましょうね」


気がつくと、おれと俊ちゃんは林の中に倒《たお》れていた。

月明かりの夜だった。

「いててて……」

俊ちゃんがうめいた。

「あのさ」

「なに？」

「だいじょうぶか?」

「たぶんね」

と、俊《とし》ちゃんが笑った。

「じゃあ、そろそろおれの腕《うで》をはなしてくんない。気持ち悪いからさ」

俊ちゃんはぎゅっとおれの腕にしがみついていたのだ。

「げっ」

俊ちゃんがあわてて飛びおきた。

「ここはいったい……」

あの猫《ねこ》のモモにつれられていった雲林院《うりんいん》の裏山《うらやま》だ。

けれどもあの祠《ほこら》はくずれ、見る影《かげ》もない土くれのようになっていた。

きっと時穴《ときあな》ごと過去へとつながる道が閉ざされてしまったのだろう。

「もう用なしってことかな」

と、俊ちゃんがいった。

「ところで、尊《たか》ちゃんはいったいなにを懐《ふところ》に持っているんだい」

「えっ?」

たしかに和紙が胸《むね》のあたりに挟《はさ》まっていた。

ひろげてみる。

月明かりに、流れるような筆文字で、一首和歌がしたためられているのが読めた。

めぐりあひて　見しやそれとも　わかぬまに
雲がくれにし　夜半の月かな
もも

「これって……」

おれが顔をあげると、俊《とし》ちゃんがへへへっと笑った。

「尊《たか》ちゃんにも春がきたのかね、恋文だろ、それ」

「えっ、まじ」

「歌の意味は、こうだよ」と俊ちゃん。

せっかくめぐりあえたのに、あなたかどうかもわからない間に帰ってしまうなんて、まるで雲にかくれてしまった夜中の月のよう

「尊《たか》ちゃん、六十年前にもどりたいんじゃないか？」

「無理なこというなよ、切なくなるから」

おれは胸《むね》の内でつぶやくしかなかった。

モモのばか……と。

「あ、もしかして、モモが紫式部《むらさきしきぶ》になってから書いた『源氏物語』の主人公の光源氏《ひかるげんじ》って、やっぱり尊ちゃんがもとになっているんじゃないの？」

「それはないって」

おれはあんなに男前ではなかったし、女子にもてたこともないのだから。

そういうと、俊《とし》ちゃんはへらへらと笑った。

「モモが、勝手に印象をふくらませちゃったりして、やりそうじゃんあの子なら」

そのとき、遠くで人の呼び声がした。

「尊仁《たかひと》さま～、どこですか～」

「おい、あれは春宮大夫《とうぐうのだいぶ》の能信《よしのぶ》じゃないか？」

おれと俊《とし》ちゃんは顔を見あわせ、それから、大声で答えた。

「ここだぞ～」

「ああ、よかった」

能信は走ってくると、おれたちのからだをばんばんとたたいて、

「だいじょうぶそうですね。足もちゃんとある」

「はあ？」

「いいや、もののけに神隠《かみかく》しにあったのかと」

「なんで？」

「尊仁《たかひと》さまがたは、なにしろ二日もいなくなっていたのですからね。このあたりも一度お探ししたのですが……いったいどちらにいらしてたんです」

「いや、それは話してもわかってもらえないんじゃないかと」

俊ちゃんがいったので、大夫の能信ににらまれた。

「みょうなところで遊ばれていたのではないでしょうね」

「いや、どちらかというと勉強のほうだと思う。一緒《いっしょ》にいたのは猫《ねこ》だし」

「そういうばれる嘘《うそ》はつかないほうがよろしいですよ。ともかくはやく帰ってお支度《したく》をせねば」

「支度って？」

「ご対面の儀《ぎ》のまえに一度、お会いしたいとおっしゃっていたでしょう」

「だれと」

「茂子《しげこ》さま。尊仁《たかひと》さまのお妃《きさき》になられるお方です」

そうか、すっかり忘《わす》れていた。

「でも、今は会いたくないなあ……」

と、おれがつぶやくと、大夫《だいぶ》の能信《よしのぶ》に泣かれた。

「なんということを。養女なれど、茂子はわが娘。かわいそうではないですか？」

茂子姫《ひめ》は親の任地から、おれとの婚礼《こんれい》のために昨日、都に出てきたばかりだそうだ。

「正式なご対面の儀までは、日がありますが、尊仁さまのたっての希望ということで、席をもうけたのです」

「あ、悪かったよ」

「大夫は茂子姫にもう会ったんだよね？」

と、俊《とし》ちゃんがきいた。

「どんな姫《ひめ》なの？」

「はい、女子でした」

「それはわかっているって。つまり見目麗《うるわ》しいかどうかってこと」

「それはかわいらしい姫ですよ。皇太弟のお妃《きさき》になられる方ですから、それなりに」

「おい、よかったな、それなりにかわいいって」

俊《とし》ちゃんに背中《せなか》をたたかれながら、おれは小さくうなずくしかなかった。

○

春宮《とうぐう》に戻《もど》ったおれは、女官《にょかん》のばあさまたちに湯あみをさせられ、母上のもとに挨拶《あいさつ》に行った。母上も茂子《しげこ》姫にはすでに会ったそうで、

「尊仁《たかひと》は幸せですよ、あのような明るくて楽しい姫を妃にできるなんて。女子はおとなしいよりも、少しは活発なほうが一緒《いっしょ》にいて楽しいでしょうしね」

そんなことをいわれたら、よけいにモモのことを思い出しそうで、ふくざつな気持ちだった。

「ともかく、今日はお忍《しの》びですから、きさくにおしゃべりでもしていらっしゃいな」

会うのは、春宮《とうぐう》の屋敷《やしき》の中の池に面した庵《いおり》だという。

「俊《とし》ちゃんは？」

「いつまでも俊房《としふさ》と一緒《いっしょ》でなくてもよいでしょう。おひとりでいきなさい」

と、叱《しか》られた。

しかたがない。

おれは履《くつ》をはくと、庭を通って池のほうへと歩いていった。

まだ朝が早いというのに、五月の日差しが、水面をはじいてまぶしいぐらいだった。

池に面して小さな庵があった。

茂子姫《しげこひめ》づきの女官《にょかん》らしいおばさまたちが何人か、おれを見かけると腰《こし》をまげてつぎつぎに会釈《えしゃく》をしてよこす。

「茂子さまがお待ちでございますよ」

と、女官の中でも一番の年上らしいしわしわのばあさまにいわれて、庵の中に入ると、黒髪《くろかみ》の美しい姫がひれ伏していた。

唐衣《からぎぬ》の上に、はおった初夏らしい薄《うす》い紫《むらさき》の袿《うちき》から、たきこめられた香のよいにおいがした。

「尊仁《たかひと》です」

挨拶《あいさつ》をすると、茂子姫《しげこひめ》はすっと起き上がって、物おじしない目でおれを見つめた。

そのいたずらっぽい目にははっきり見覚えがあった。

モモ……？　まさか？

また会いましょうって……このことか？

時空を旅していて、もうひとりの自分に会ったとき、恐《おそ》ろしいことがおきる。

時空を越えて、べつの時代に飛ばされてしまうでしょう。思いもかけぬような。

あのとき鏡の仙人《せんにん》がいった言葉が、おれの中でこだました。

「尊仁《たかひと》さまは戻《もど》られたばかりとおききしました。まだお眠《ねむ》いのではないですか？」

「でも、きみは……」

「茂子です。以後、よろしくお願いします」

そういうと茂子姫は、もう一度ゆっくりと微笑んでみせたのだった。

『大鏡』に魅《み》せられて――時を越えて不思議ワールドへ

那須田 淳

『大鏡』はいかがでしたでしょうか?

タイムトラベルみたいで、ちょっと驚《おどろ》かれたかもしれませんね。

ところで日本の古典文学を読むというと、なんだか難《むずか》しそうでなかなか手に取れない。そう思う人も結構多いのではないでしょうか。

ぼくも子どもの頃《ころ》はそうで、古典はともかく苦手でした。

ただじつは読んでみるとおもしろい、というものがたくさんあって、紫式部《むらさきしきぶ》による恋愛小説の傑作《けっさく》『源氏物語』はもちろん、『平家物語』や『太平記』のように、有名な武将や英雄《えいゆう》が出てくるわくわく感満載《まんさい》のものや、物語として「えっ」と思うような仕掛けをしている作品もあります。

みなさんもご存じの『竹取物語』なんて、竹の中から生まれたかぐや姫がおおぜいの求婚者を拒《こば》んだあげくに月へ帰っていくもので、これは、まさにファンタジーの世界ですから。

なかでもこの『大鏡』は、英雄《えいゆう》伝的なお話だけでなく、ラブストーリーもあり、また不思議がちりばめられ、いわばおいしいとこ取りをした傑作《けっさく》だと思います。

藤原道長《ふじわらのみちなが》という摂関《せっかん》政治をおしすすめた日本史の中で燦然《さんぜん》と輝《かがや》く人物にスポットをあてながら、同時に多くの伝説的な人物がたくさん描かれています。学問の神さまとしても知られ、恨《うら》みから怨霊《おんりょう》となって復讐《ふくしゅう》をした菅原道真《すがわらのみちざね》。動植物やものに魂《たましい》を吹きこみ、式神《しきがみ》にしてつかっていた陰陽《おんみょう》師《じ》の安倍晴明《あべのせいめい》などなど……。そして極めつきは、それらの歴史上の人物のエピソードを紹介《しょうかい》するふたりの老人・大宅世継《おおやけのよつぎ》と夏山繁樹《なつやまのしげき》はそれぞれ百九十歳、百八十歳という長寿《ちょうじゅ》のじいさまで、とつぜんに姿《すがた》を消したりするのですから。

じつはぼくはこの『大鏡』に魅《み》せられ、古典が好きになったのです。それでこの作品を物語にする機会をもらえてすごく幸せでもあったのですが、一方でこまったことが起きました。なにしろ百七十年の歴史を語るという大長編。どこから書こうかしばらく思い悩みました。

そこで、もう一度、タイトルの『大鏡』に注目してみました。この鏡とは、昔から歴史を鑑《かがみ》（お手本）とするという考えがあって、そこから名づけられたのかもしれません。

とはいえ物語の中で、じいさまたちは老人を敬えといいながらも、歴史が必ずしも正しいとはいっていません。むしろ失敗もふくめて昔あったことをそのままうつしだし、未来のことを思ってほしいと述べているのです。

　では、この未来とはなんでしょう……。

『大鏡』が書かれた時代は、藤原道長《ふじわらのみちなが》のあとのことです。また『大鏡』の原作では、世継《よつぎ》のじいさまの夢として、後朱雀《ごすざく》天皇の妃《きさき》だった禎子《ていし》内親王が国母（天皇の母）となる予言がされ、それが成就《じょうじゅ》されるだろうとあります。つまり新しい天皇に未来を託《たく》しているのです。

　この天皇とは、禎子内親王の子、尊仁《たかひと》親王。つまりのちの後三条《ごさんじょう》天皇にほかなりません。そして実際に、後三条天皇が即位して、藤原氏による摂関《せっかん》政治がおわり、茂子《しげこ》との間にできた子どもの白河《しらかわ》上皇の頃《ころ》から、院政とよばれる天皇の父が国を治めるようになって時代は動くのです。

　そこでぼくの『大鏡』では、この尊仁親王を主人公にし、同じ世代で、のちの時代に左大臣として大活躍《だいかつやく》する源俊房《みなもとのとしふさ》にも手伝ってもらって、『大鏡』の中に入って一緒《いっしょ》に物語を読み進めることにしました。いざ、時を越えて不思議ワールドへというわけです。

　ちなみに、源俊房は、弟の顕房《あきふさ》とともに『大鏡』の作者ともいわれています。

　それから、ぼくの『大鏡』には、時空の旅人として少女時代の紫式部《むらさきしきぶ》にも登場してもらいました。幼名の「もも」は、国文学者の上原作和先生の説を採用させていただいたものです。

花山《かざん》天皇が出家（俗世を捨て仏門に入ること）をし、一条天皇に位を譲《ゆず》られたことが、まわりまわって藤原道長《ふじわらのみちなが》の時代を築くきっかけになるのですが、紫式部《むらさきしきぶ》の父親は、花山《かざん》天皇の学問の先生であったところから失脚《しっきゃく》し、不遇《ふぐう》の時代を送ることになります。原作の『大鏡』には、紫式部のことは書かれていないのですが、花山天皇の出家が自分の人生に大きく関わってくるということでは、道長や主人公の尊仁《たかひと》親王と変わりありません。

しかも、紫式部が生まれたのが、ふたりのじいさまたちが現れる雲林院《うりんいん》という史実がありますので、縁を考えると、これはもうタイムトラベラーとして、登場してもらうしかないと考えた次第です。またこの時代は、陰陽道《おんみょうどう》という、魔物《まもの》や鬼《おに》、もののけがふつうにいると考えられた時代ですから、時穴《ときあな》を通るタイムトラベルも、今よりかえって主人公の尊仁親王たちも受け入れられたのではないでしょうか。

さて、歴史をふりかえりながら、未来を見つめる。

これは今の時代にも大切な教えでしょう。なんだか鏡の仙人《せんにん》のふたりのじいさまが、高い空の上から、今もぼくらを見つめているような気がしますね。

末筆ですが、なかなかタイムトラベルから戻《もど》ってこないぼくを待ち続けてくださった編集の島岡さん、素敵な挿画《そうが》をよせてくださった十々夜さんのおふたりに心からお礼をもうしあげます。

◉参考文献

『藤原頼通の時代―摂関政治から院政へ』坂本賞三 著　平凡社選書
『庶民たちの平安京』繁田信一 著　角川選書
『日本の歴史4　平安京』北山茂夫 著　中公文庫
『大鏡　ビギナーズ・クラシックス』武田友宏 編　角川ソフィア文庫
『大鏡　全現代語訳』保坂弘司 著　講談社学術文庫
『文法全解　大鏡』鵜城紀元 著　旺文社
『新訂　女官通解』浅井虎夫 著　所京子　校訂　講談社学術文庫

主《おも》な藤原北家《ふじわらほっけ》と天皇家《てんのうけ》

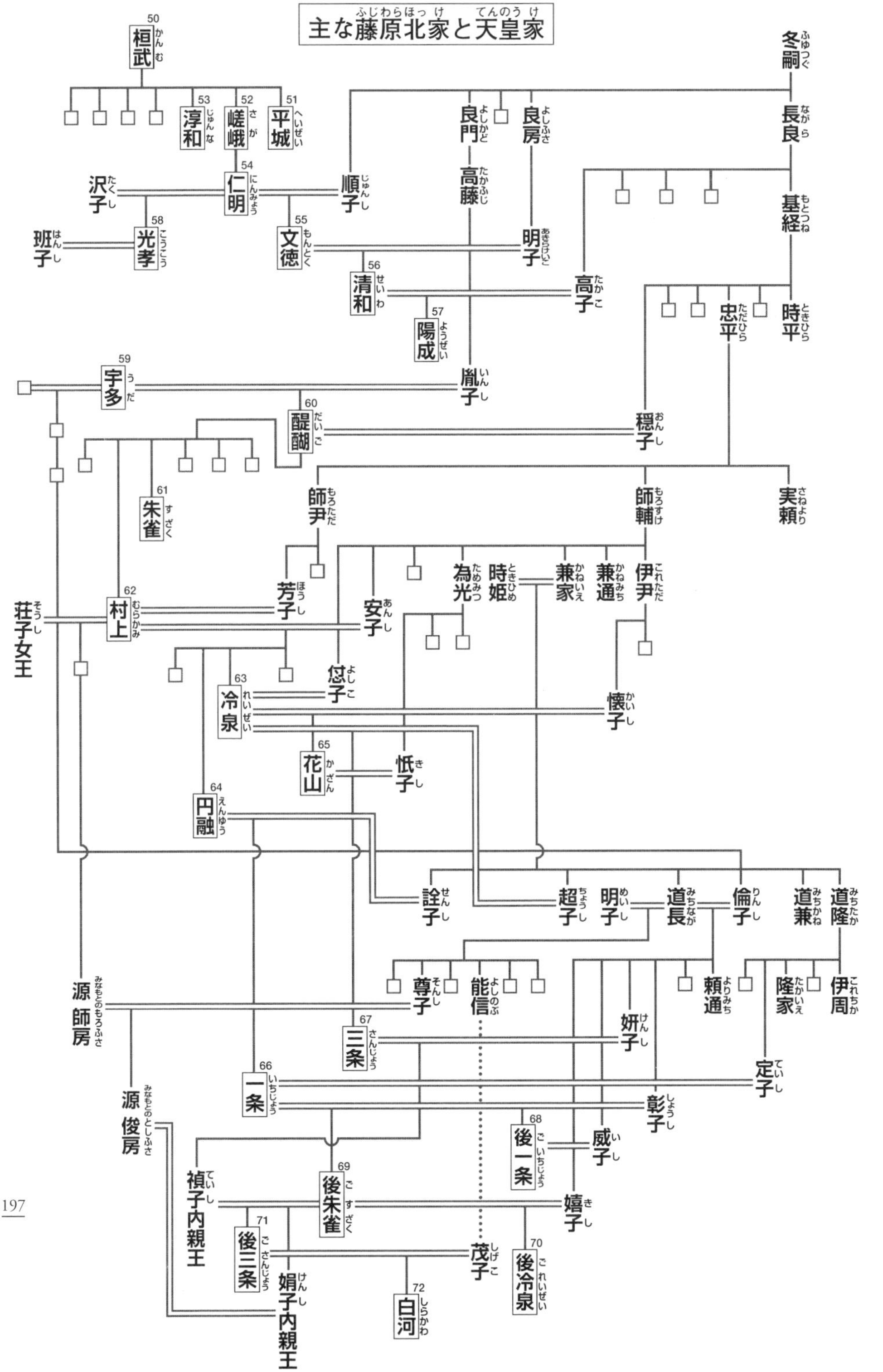

大内裏《だいだいり》の図

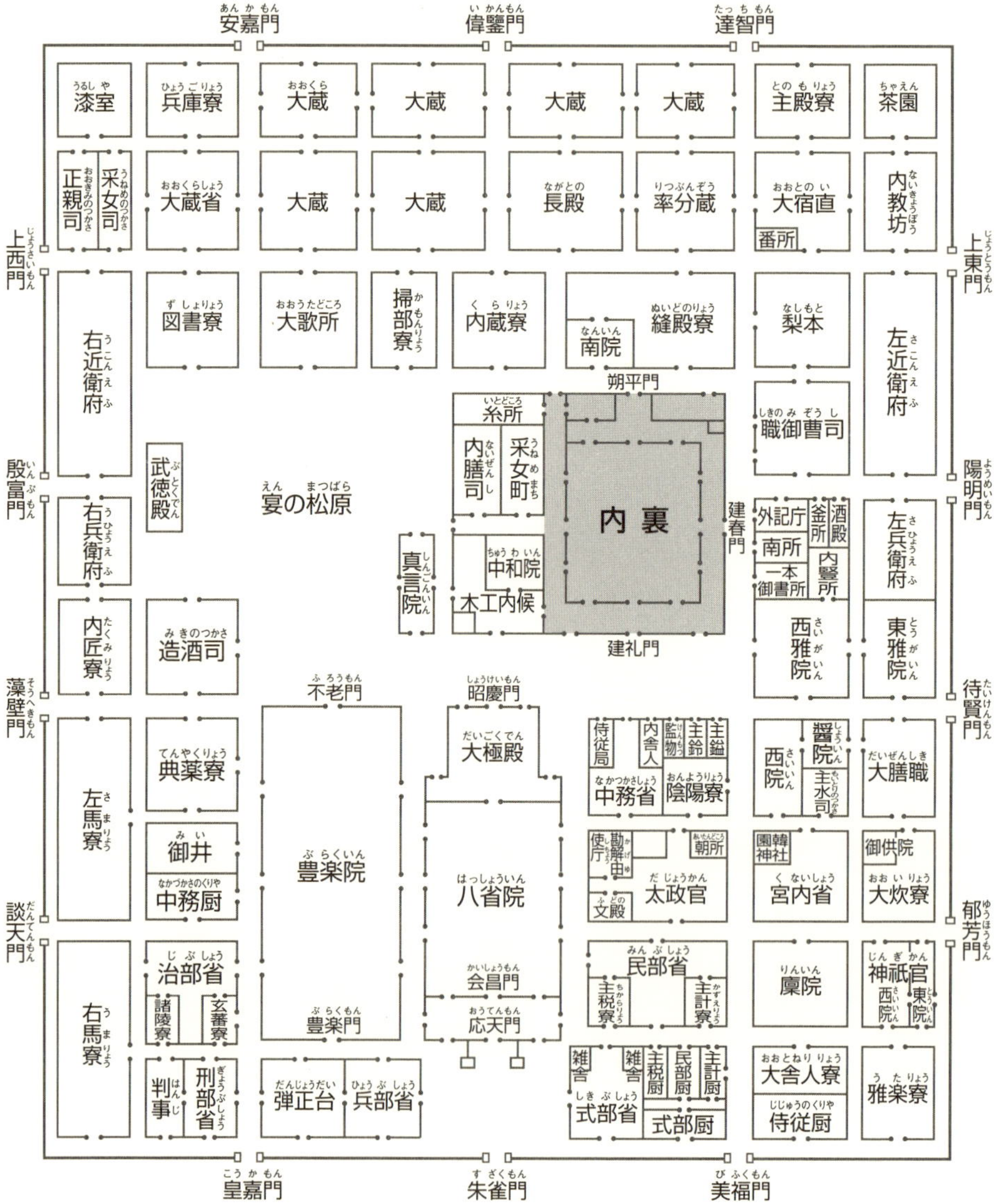
安嘉門《あんかもん》
偉鑒門《いかんもん》
達智門《たっちもん》
漆室《うるしや》
兵庫寮《ひょうごりょう》
大蔵《おおくら》
大蔵
大蔵
大蔵
主殿寮《とのもりょう》
茶園《ちゃえん》
正親司《おおきみのつかさ》
采女司《うねめのつかさ》
大蔵省《おおくらしょう》
大蔵
大蔵
長殿《ながとの》
率分蔵《りつぶんぞう》
大宿直《おおとのい》
番所
内教坊《ないきょうぼう》
上西門《じょうさいもん》
上東門《じょうとうもん》
右近衛府《うこんえふ》
図書寮《ずしょりょう》
大歌所《おおうたどころ》
掃部寮《かもんりょう》
内蔵寮《くらりょう》
南院《なんいん》
縫殿寮《ぬいどのりょう》
梨本《なしもと》
左近衛府《さこんえふ》
朔平門
糸所《いとどころ》
職御曹司《しきのみぞうし》
殷富門《いんぷもん》
武徳殿《ぶとくでん》
宴《えん》の松原《まつばら》
内膳司《ないぜんし》
采女町《うねめまち》
内裏
建春門
陽明門《ようめいもん》
右兵衛府《うひょうえふ》
真言院《しんごんいん》
中和院《ちゅうわいん》
木工内候
外記庁
釜所
酒殿
南所
一本御書所
内竪所
左兵衛府《さひょうえふ》
内匠寮《たくみりょう》
造酒司《みきのつかさ》
建礼門
西雅院《さいがいん》
東雅院《とうがいん》
藻壁門《そうへきもん》
不老門《ふろうもん》
昭慶門《しょうけいもん》
待賢門《たいけんもん》
左馬寮《さまりょう》
典薬寮《てんやくりょう》
大極殿《だいごくでん》
侍従局
内舎人
監物《けんもつ》
主鈴
主鎰
中務省《なかつかさしょう》
陰陽寮《おんようりょう》
西院《さいいん》
醤院《しょういん》
主水司《もいとりのつかさ》
大膳職《だいぜんしき》
御井《みい》
中務厨《なかづかさのくりや》
豊楽院《ぶらくいん》
八省院《はっしょういん》
使庁
勘解由《かげゆ》
朝所《あいたんどころ》
太政官《だじょうかん》
文殿《ふどの》
園韓神社
宮内省《くないしょう》
御供院
大炊寮《おおいりょう》
談天門《だんてんもん》
郁芳門《ゆうほうもん》
右馬寮《うまりょう》
治部省《じぶしょう》
諸陵寮
玄蕃寮
豊楽門《ぶらくもん》
会昌門《かいしょうもん》
応天門《おうてんもん》
民部省《みんぶしょう》
主税寮《ちからりょう》
主計寮《かずえりょう》
廩院《りんいん》
神祇官《じんぎかん》
西院《さいいん》
東院《とういん》
判事《はんじ》
刑部省《ぎょうぶしょう》
弾正台《だんじょうだい》
兵部省《ひょうぶしょう》
雑舎
雑舎
主税厨
民部厨
主計厨
式部省《しきぶしょう》
式部厨
大舎人寮《おおとねりりょう》
侍従厨《じじゅうのくりや》
雅楽寮《うたりょう》
皇嘉門《こうかもん》
朱雀門《すざくもん》
美福門《びふくもん》

内裏《だいり》の図

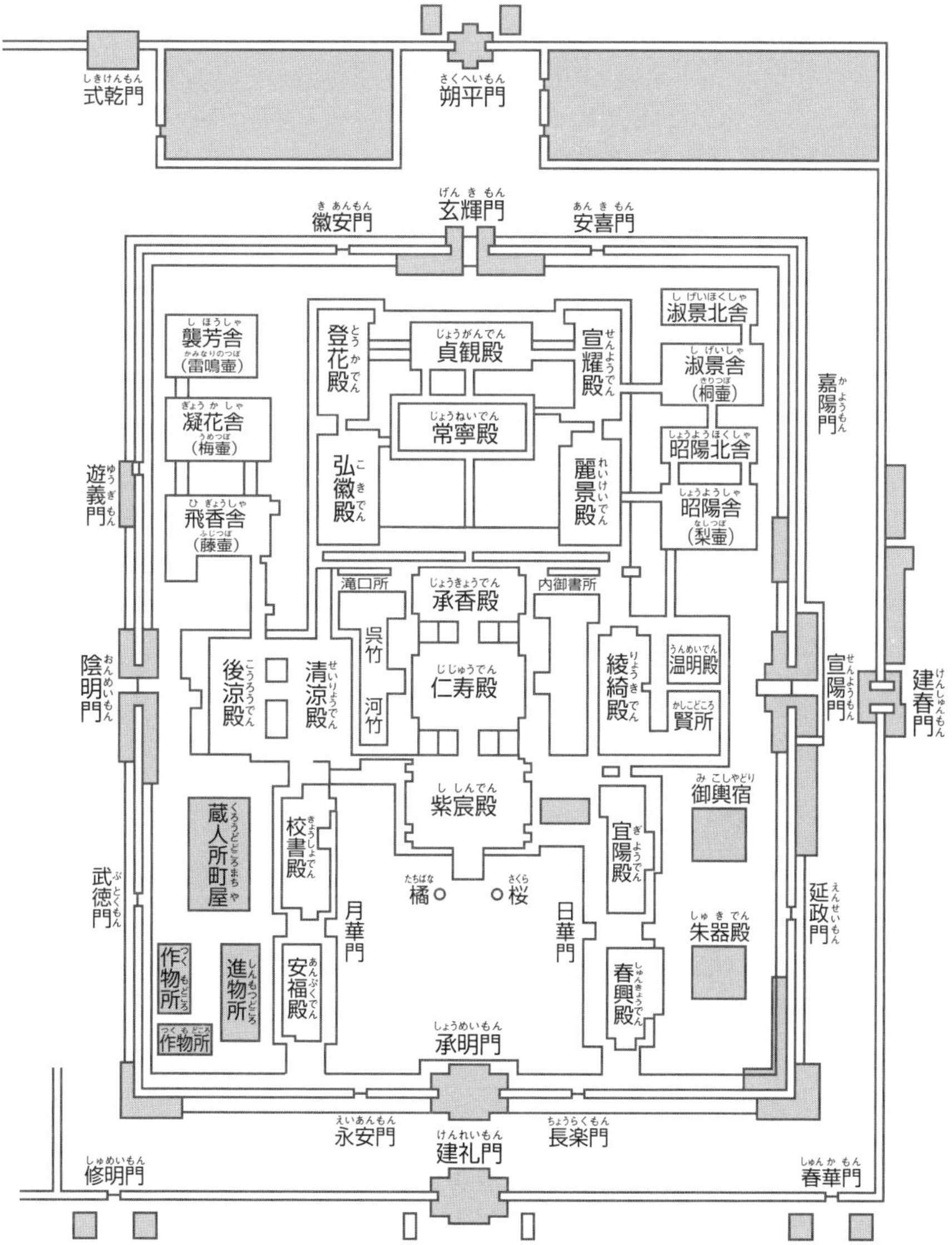

式乾門《しきけんもん》
朔平門《さくへいもん》
徽安門《きあんもん》
玄輝門《げんきもん》
安喜門《あんきもん》
淑景北舎《しげいほくしゃ》
襲芳舎《しほうしゃ》
（雷鳴壷《かみなりのつぼ》）
登花殿《とうかでん》
貞観殿《じょうがんでん》
宣耀殿《せんようでん》
淑景舎《しげいしゃ》
（桐壷《きりつぼ》）
嘉陽門《かようもん》
凝花舎《ぎょうかしゃ》
（梅壷《うめつぼ》）
常寧殿《じょうねいでん》
昭陽北舎《しょうようほくしゃ》
遊義門《ゆうぎもん》
弘徽殿《こきでん》
麗景殿《れいけいでん》
昭陽舎《しょうようしゃ》
（梨壷《なしつぼ》）
飛香舎《ひぎょうしゃ》
（藤壷《ふじつぼ》）
滝口所
承香殿《じょうきょうでん》
内御書所
呉竹
綾綺殿《りょうきでん》
温明殿《うんめいでん》
陰明門《おんめいもん》
後涼殿《こうろうでん》
清涼殿《せいりょうでん》
仁寿殿《じじゅうでん》
宣陽門《せんようもん》
建春門《けんしゅんもん》
河竹
賢所《かしこどころ》
御輿宿《みこしやどり》
紫宸殿《ししんでん》
蔵人所町屋《くろうどどころまちや》
校書殿《きょうしょでん》
宜陽殿《ぎようでん》
武徳門《ぶとくもん》
橘《たちばな》
桜《さくら》
延政門《えんせいもん》
月華門
日華門
朱器殿《しゅきでん》
作物所《つくもどころ》
進物所《しんもつどころ》
安福殿《あんぷくでん》
春興殿《しゅんきょうでん》
作物所《つくもどころ》
承明門《しょうめいもん》
永安門《えいあんもん》
長楽門《ちょうらくもん》
建礼門《けんれいもん》
修明門《しゅめいもん》
春華門《しゅんかもん》

著者
那須田 淳（なすだ　じゅん）
1959年生まれ。早稲田大学卒業。著作に『ペーターという名のオオカミ』（小峰書店、産経児童出版文化賞、坪田譲治文学賞）、『願かけネコの日』（学研教育出版）、『星空ロック』（あすなろ書房）など多数。翻訳に『ちいさなちいさな王様』（木本栄共訳・講談社）や画家・北見葉胡との「絵本・グリム童話」シリーズ（岩崎書店）など多数。95年よりドイツ・ベルリン市に在住。青山学院女子短期大学非常勤講師。http://www.aokumaradio.com

画家
十々夜（ととや）
京都市在住。挿絵の作品に「アンティークFUGA」シリーズ『平清盛』『新島八重』（岩崎書店）、「サッカー少女サミー」シリーズ（学研教育出版）、「妖怪道中膝栗毛」シリーズ（あかね書房）、「XX・ホームズの探偵ノート」シリーズ（フレーベル館）などがある。http://www.ne.jp/asahi/skybox/totoya/

○図版：木川六秀

ストーリーで楽しむ日本の古典6
大鏡　真実をうつす夢の万華鏡、時を越えろ、明日へむかって！

2014年3月10日　第1刷発行

著　者　那須田 淳
画　家　十々夜
装　丁　山田 武
発行者　岩崎弘明
発行所　株式会社 岩崎書店
〒112-0005東京都文京区水道1-9-2
電話　03-3812-9131（営業）　03-3813-5526（編集）　00170-5-96822（振替）
印刷所　三美印刷 株式会社
製本所　株式会社 若林製本工場

NDC913　ISBN978-4-265-04986-8

Published by IWASAKI Publishing Co.,Ltd.
Printed in Japan

ご意見、ご感想をお寄せ下さい。E-mail:hiroba@iwasakishoten.co.jp
岩崎書店HP：http://www.iwasakishoten.co.jp
落丁、乱丁本はおとりかえいたします。